唐诗带你游长安

闫赵玉 著

西安出版社

西安曲江出版传媒股份有限公司

图书在版编目（CIP）数据

唐诗带你游长安 / 闫赵玉著. -- 西安 ： 西安出版社，2019.8（2022.6重印）

ISBN 978-7-5541-4083-3

Ⅰ. ①唐… Ⅱ. ①闫… Ⅲ. ①唐诗—诗歌欣赏 Ⅳ. ①I207.227.42

中国版本图书馆CIP数据核字(2019)第184320号

唐 诗 带 你 游 长 安

TANGSHI DAINI YOU CHANG'AN

著　　者：闫赵玉
学术顾问：钟　锦
总 策 划：方立锋
特约编审：石任之
责任编辑：封　琳　范婷婷　邢美芳
责任校对：张爱林　陈　辉　陈　俊
装帧设计：屈　昊
责任印制：宋丽娟
出　　版：西安出版社
　　　　　（西安曲江新区雁南五路1868号影视演艺大厦11层）
发　　行：西安曲江出版传媒股份有限公司
　　　　　（西安曲江新区雁南五路1868号影视演艺大厦14层）
印　　刷：三河市嵩川印刷有限公司
开　　本：889mm×1194mm　1/32
印　　张：7.75
字　　数：120千
版　　次：2019年8月第1版
印　　次：2022年6月第2次印刷
书　　号：ISBN 978-7-5541-4083-3
定　　价：58.00元

△ 读者购书、书店添货或发现印装质量问题，请与本公司营销部联系、调换。
　　电话：(029) 68206213　　68206222（传真）

2003 年秋季，叶嘉莹先生到了西安，作为弟子，我自然一直随侍左右。叶先生不是第一次来西安，出名的胜迹都已看过，这时候，一起陪同的诗人魏新河兄提出，不妨去看看渼陂湖。叶先生欣然接受了这个建议，一行人直奔鄠邑区。到了渼陂湖边，举目一派荒芜，我开玩笑说："您失望了没？"她看了看我，停顿一刻，说："你不要看它荒凉，好就好在这荒凉，能引起我的感怀。我仿佛看到了当时，像杜甫所说'武帝旌旗在眼中'，那个盛唐也在我眼中。"新河兄在一旁赞叹："叶先生太了解历史了，所以她看得出这里的底蕴。"

叶嘉莹先生（右一）携弟子与友人在渼陂湖

渼陂湖是唐人的游览胜地，留下了众多诗人的身影。杜甫流落四川，去世前不久的名作《秋兴》里还写："紫阁峰阴入渼陂。"熟悉唐诗的叶先生，自然是通过那些诗句，生发了旁人无法体会的游兴。其实长安的胜地太多了，通过唐诗生发游兴，估计全国没有一处可以企及。在我少年时代，地质学家王曙，笔名栗斯，写了一套《唐诗故事》很流行。书里配合唐诗介绍了很多名胜，以后我每到一处，都会想起书里的诗句和故事，顿时游兴大增。这个感受，大概和叶先生游渼陂湖的感受是一致的。

　　我似乎朦胧觉得，现在的孩子，也该有一套类似《唐诗故事》的读物。谋生的艰难，天性的疏懒，这念头一晃就十五六年。方立峰忽然跟我说："我要搞个给孩子的教育项目：唐诗带你游长安，你看怎么样？"我说："太好了！"他说："帮我找个好作者。"于是师妹石任之找到了闫赵玉。书稿出来，大家一致说好。我说："叶先生一定很高兴看到这样的书出版。"

　　我和立峰去了趟天津，约了曹庆鸿师姐和任之一起去见叶先生。说起这部书稿，我问："先生还记得渼陂湖之游吗？立峰搞出这样一个《唐诗带你游长安》的项目，您能不能给指点指点？"她笑了，说："我九十多岁的人了，没精力了。"我就请先生帮忙推荐一下，说："这个选题的意义，我是在您亲身指导下认识到的，书稿也写得不错，您为了长安可以答应吧？"先生爽快地点了头。

立峰很快又告诉我一个好消息，曲江出版集团愿意来承担出版。

　　这件事让我由衷地高兴。我出生在西安，在那里生活了三十年，是唐诗的熏陶、城市的古迹使我投入到传统文化中，一生以此安身立命。我对西安的感情是深厚的。虽然自己没有做出什么，看到朋友们这么起劲儿地完成了这本书，我希望西安的孩子们能够因为它产生学习传统文化的兴趣。不论今后从事什么，这兴趣可以让自己更有修养，而修养让一个人善良。

　　　　　　　　　　　　　　　钟锦（华东师范大学教师）

　　　　　　　　　　　　　　　2019 年 9 月 7 日，写于沪上

序言二

《唐诗带你游长安》终于要付梓了，深感欣慰！

西安作为十三朝古都，1300多年的历史，华夏精神文明的故乡，周、秦、汉、唐都建都于此，尤其是唐代，其开放性、包容性的时代特征孕育了无与伦比的唐诗，唐诗已经深深地融了每一个中华儿女的血液。

诗，是人的生命，是人心灵的苏醒，叶嘉莹教授说"如迷忽觉，如梦忽醒，如仆者之起，如病者之苏"是关于诗最精彩的定义。现存的5万多首唐诗中约有三分之一与长安有关，长安的风物之美、四塞之固、山川之雄壮，长安的城阙宫殿、亭台楼阁、池苑林园、佛寺道观，长安的街市、酒肆、人物、习俗，长安的音乐、舞蹈、技艺，这一切都是诗人们无尽的诗材。要了解古长安城，了解中国传统文化，最好从唐诗入手。

2017年，我带着几个研究生开始紧张的工作，我们从人文、历史、自然景观等多个方面遴选出相对应的两百多首唐诗，并根据旅游路线进行编排，重新注释并编写与之相关的故事，希望增加书籍的趣味性、可读性及互动性。在这期间，我将自己的策划告诉曲江出版传媒公司，编辑也很感兴趣，从各个方面给出意见和建议，希望合作完成此书。

初稿完成后，我发给我的师兄，华东师范大学的钟锦教授指正，钟师兄是叶嘉莹先生的古代文学博士，学问做得好，古体诗写德也很好。他在电话很不客气指出稿件的诸多问题，重新选出50首诗，并以这50首诗为基础，对稿件进行大改。根据他的意见，我二次改定的稿件还是没有通过他的审读，但他推荐了师妹任之帮我完成书稿。为了对读者负责、对自己的初心负责，废弃了经历一年多才撰写的原稿，带着复杂的心情出发到北京找任之博士，前后两次和她谈出版《唐诗带你游长安》的计划和想法。任之和其师妹闫赵玉答应一起合作，闫赵玉主笔，任之审核把关。曲江出版传媒的编辑和作者深度沟通后，决定迅速推进出版计划。此后围绕体例策划、封面版式设计、文稿审读修改、图书预热宣传，我和曲江出版传媒的编辑一起探讨，精细打磨，也结下了深厚的友谊。看着自己的策划落地，自己的想法得以实现，深觉欣喜！

图书出版之际，感谢钟锦、任之和我原初的团队，感谢曲江出版传媒公司的编辑们，更感谢本书的作者闫赵玉博士，大家的付出都是有意义的，有价值的！

方立峰于西北政法大学金刚庐

2019 年 10 月 12 日中午

目 录

Contents

九天阊阖开宫殿——历史遗迹

葡萄美酒夜光杯——丝路风情

一日看尽长安花——多元生活

游览导引

Tour Guidance

　　唐诗带你游长安，带你走入唐诗中的长安城，欣赏自然风光，饱览历史遗迹，领略丝路风情，体验多元生活，感受佳节良辰。以唐诗为门票，以历史地理为站点，带你踏上通往长安城的时空之旅。

　　游览小贴士：

　　①本书提供士人、胡商、帝王等多种席位，供游客选择。

　　②根据不同的人物身份，选择各自的规划路线和游览重点。

　　③导引唐诗是游客的票根，请妥善保管，加以记诵。

　　如果选择进士，初到长安可以到曲江踏青，及第后去雁塔题诗。一时半会儿考不上，建议你先到终南山挂个号，走一走捷径。如果想邂逅杨贵妃，请购买通往骊山或长生殿的票券。如果想偶遇李白，那么西市酒店是极好的选择。你可以是供奉梨园的乐人、华山修行的道士、银鞍白马的游侠、驰骋沙场的将军，还可以是官员、隐士、仕女……总之，在本书里，你对长安城的一切想象都可能实现。

仁者乐山，智者乐水。唐代人喜爱在青山绿水间寻觅心灵的闲适与愉悦。

长安自古多胜景，终南苍翠、曲江流饮、渭水秋风、骊山晚照、华岳仙掌……

这些美景曾令无数诗人流连忘返、信笔挥毫，现在，请让你的眼睛跟随着文字的脚步，踏上探寻长安山水的旅程。

行 到 水 穷 处 —— 自 然 风 光

商山 ‖ 鸡声茅店月

重走商於古道，感受历史沧桑

票根

商山早行

温庭筠

晨起动征铎，客行悲故乡。

鸡声茅店月，人迹板桥霜。

槲叶落山路，枳花明驿墙。

因思杜陵梦，凫雁满回塘。

说明 商山在今陕西商洛东南山阳县与丹凤县交会处，是古代从长安赴湖北途中必经之地。关于温庭筠这首诗，后人多因其中出现"霜"字而认为是写初秋景象，其实，槲叶落于春初，枳花开放也在春天，因此这首诗所写实是初春清晨。整首诗扣住"早"字展开写景抒情。天微微亮时，载物驮人的骡马颈下的铃铎叮当作响，行人已经启程。颔联"鸡声茅店月，人迹板桥霜"是历来脍炙人口的名句，以十个名词并列的句式，将行人的羁旅愁思刻画得细致入微，构成一幅动静结合的图画。颈联描写天已破晓，槲叶落满山路，明艳的枳花迎着朝阳灼灼开放。因为想到昨夜杜陵一梦，行人陷入了深思，却又被回塘里野鸭和雁的聒噪声惊醒了。

士子打卡　　唐代长安与江淮地区的交通往来有两条通途：一条为走水路的广济渠，另一条就是陆路的商於古道。士子商贾们想去京城谋求功名富贵或离开长安浪迹江湖，都要经过商於古道，因此商於古道被誉为"南北交通之大动脉"。上京赶考渴望金榜题名的士子、升迁入朝梦想平步青云的官员、怀揣发财致富梦想的商贾，都在这条路上奔走不息，商於古道因此又被称为"名利道"。商於古道也是名副其实的唐诗之路，有唐一代，奔波于商於古道的著名诗人不下二百人，在此留下了无数动人的诗篇。

商山令文人歌咏不已，与商山四皓的传说有着莫大关联。"商山四皓"是秦末隐士东园公唐秉、夏黄公崔广、绮里季吴实、甪里先生周术四人的合称，他们因避秦乱世而隐居商山，采芝充饥。四人年皆八十多岁，须眉皓白，品行高洁，博古通今，天下人皆敬仰。汉高祖刘邦曾想废掉太子刘盈，改立戚夫人的儿子如意为太子。吕后听从张良的意见，请出商山四皓为太子说情，令刘邦打消了改立太子的想法。商山四皓进退自由、名留青史，成为理想化的政治楷模。白居易就是商山四皓的铁杆粉丝，他常以"四皓"自比，和诸位诗友就商山四皓的事迹共同唱和。

自由行　　在唐代，温庭筠可谓是外号最多的诗人了，他相貌极丑，被戏谑为"温钟馗"。然而他又是著名的才子，写文章作诗词，援笔立成，被称为"温八叉"，意思是说他又八次手就能作完文章。温庭筠又被称为"救数人"，他自己数次参加科考都不得中，偏偏还热心在考场上帮助其他考生。有一次，温庭筠参加科考，主考官沈询知道温庭筠有帮人作弊的癖好，特意对他严加看管，而温庭筠居然还能帮助八个人通过考试，可谓是神乎其技了。

温庭筠不仅诗写得好，填词更是一流，被称为"花间鼻祖"。唐宣宗很喜欢《菩萨蛮》词，当朝宰相令狐绹想讨好皇上，却不懂填词，就让温庭筠做枪手代写，还嘱咐说不要泄露，而温庭筠偏偏将此事宣扬出去。还有一次，唐宣宗作诗，用了"金步摇"一词，不知如何对仗，温庭筠答以"玉条脱"，令狐绹问温庭筠出自何典，温庭筠笑他道："出自《华阳真经》，此书并不生僻，相公治理国家之暇，也该多读些书才是。"如此三番五次，惹得令狐绹大为恼火。

终南山 ‖ 行到水穷处

唐人理想中的精神家园

票根　　　　　　终　南　山

王　维

太乙近天都，连山接海隅。

白云回望合，青霭入看无。

分野中峰变，阴晴众壑殊。

欲投人处宿，隔水问樵夫。

说明　　　　终南山是秦岭山脉位于陕西境内的一段，又
　　　　　　称太乙山，距离京城长安不远，是当时的人
们消闲度假游的首选景点。天气晴朗时，在长安城内就
能看到终南山起伏连绵的山势。唐太宗李世民写过一首
《望终南山》："重峦俯渭水，碧嶂插遥天。出红扶岭日，
入翠贮岩烟。叠松朝若夜，复岫阙疑全。对此恬千虑，
无劳访九仙。"唐太宗整日在宫城里忙于政务，难以出门，
只能眼巴巴地眺望一下终南山。相比之下，大诗人王维

就幸福多了，他不仅能经常去终南山游玩，还索性在山里建起了别墅长期居住，岂不优哉。

　　这首《终南山》描写的就是王维漫步山中的所见所感。终南山高耸入天，绵延到海，气势宏伟无比，山中云雾缭绕、阴晴不定，景象变化万千。诗人一路欣赏着沿途的美景，不觉忘了时间，眼看暮色四合，心想，不如向樵夫打探一下有无人家可以借宿，明天一大早醒来，再继续饱览这山中的秀色。诗歌兴象玲珑，骨力不凡，是王维山水诗中的代表作品。这种从容优游的自得心态，也是建立在唐帝国强有力的统治与繁荣稳定的社会生活基础之上的。

士子打卡　　唐代士子热衷于在山林里读书学习，大诗人李白、王维、孟浩然都曾有过一段读书山林的经历。终南山尤为埋首苦读的好地方。对于士子来说，终南山有两大优点：一是庙宇道场众多，可以获得免费的食宿，这对于贫寒人家来说无疑是十分经济实惠了；二是在山中读书，环境清静幽雅，远离尘世喧嚣。学习困乏了，不妨三五友人结伴，或沿山路散步，或搞个小型聚会，分韵吟诗、弹琴饮酒，其乐融融。

如果说长安城是追名逐利的热闹红尘场，那么终南山就是休养身心的桃花源，许多人来到终南山便不愿再离开了。唐代文人在终南山建造的别业很多，像宋之问的蓝田山庄、王维的辋川别业，岑参在终南山圭峰建有别业，阎防在终南山丰德寺结屋读书，孟浩然被放归后也隐居南山，其他在终南山修建园林别业的文人如卢纶、储光羲、钱起、李端等等，更是不胜枚举。如果你选择在终南山小住，说不定你的左邻右舍就是某位名满一时的大诗人呢！

自由行　　如果你在山里苦读数载，依然时运不济，考不上进士，请不要灰心丧气，不妨就先在山里隐居起来，"终南捷径"不失为一种以退为进的求官方式。终南山因为与长安城相距不远，成为唐代最热门的隐居之地，许多文人才子都在这里留下印迹。据《新唐书·卢藏用传》记载，卢藏用一直考不上进士，便和哥哥卢征明隐居在终南山，希望博得贤名，唐中宗听闻他的名声果然请他出山做官。后来，司马承祯想退隐天台山，卢藏用建议他隐居终南山。司马承祯笑道："终南山的确是通向官场的便捷之道。"

其实这种现象在大唐十分普遍。唐代科举考试里就有征召隐士的制举科，其中设有"销声幽薮科""藏器晦迹科""哲人奇士逸伦屠钓科""高才沉沦草泽自举科""乐道安贫科""隐居丘园不求闻达科"等等。最令人心动的一点是，进士科明经考试还要经过层层筛选，而隐士制举科一经登第便可授官，方便快捷。李白鄙视皓首穷经的儒生，不愿参加科举考试，走的就是隐居求名的路子。李白曾先后在匡山、安陆、徂徕山、终南山隐居，并积极进行个人名片的推广，获得推荐成功入朝时，李白还自信地说道："仰天大笑出门去，我辈岂是蓬蒿人。"而对于唐朝统治者来说，征召隐士是朝政清明、礼贤下士的体现，通过优待隐士也能产生弘扬高洁品行的社会效应。因此，有唐一代，隐逸的风气始终不衰。

曲江 ‖ 水荇牵风翠带长

新科进士们的狂欢——曲江探花宴

票根　　　　　　**曲江对雨**

杜　甫

城上春云覆苑墙，江亭晚色静年芳。

林花著雨胭脂湿，水荇牵风翠带长。

龙武新军深驻辇，芙蓉别殿谩焚香。

何时诏此金钱会，暂醉佳人锦瑟旁。

说明　　　曲江即曲江池，位于唐代都城长安东南隅，
　　　　　　是著名的游赏之地。不同于皇家禁苑，曲江
池是一个开放的公园，任何人都可以随时来往，尤其在
上元节和上巳节时，彩幄翠盖、宝马香车，游人比肩接踵。
曲江池气象澄鲜、涵虚抱景，改善了长安城的自然环境
和气候，有益于人们身体健康，使人们舒缓紧张情绪，
释放压力，在长安人的生活中发挥了重要作用。曲江被
视为长安城之文脉，从文化意义上来看，曲江之于长安，

正如西湖之于杭州。

可惜的是，安史之乱后，曲江池屡遭兵火，盛景不再。杜甫这首《曲江对雨》，写的正是曲江萧条破败的残景。春云低垂，江亭寂寂。芳草迷离，烟雨蒙蒙，少有人行。龙武军驻辇、芙蓉殿焚香的盛景，只能存在于诗人的幻想中了。"何时诏此金钱会"，化用了唐玄宗的一段故事。玄宗曾宴王公百僚于承天门，命令宫女从库房取出金币，从楼上往下撒，纷纷扬扬，如同下了一场金雨，文武百官纷纷在楼下争抢，十分热闹。昔日佳人歌舞、清瑟美酒的欢会，已经一去不复返了。曲江的变迁，也是唐王朝盛衰的一个缩影。

进士打卡　　　　唐代经常在曲江举行大型宴会，除皇帝赐宴之外，最热闹的就要数新科进士的杏园宴了。进士及第以后，从二月放榜公布考试成绩开始，各种大型的庆祝活动陆续展开。曲江宴则是其中的压轴大宴，由"进士团"来承办，教坊乐部助兴，豪门公子载伎欢游，新科进士举杯欢庆，场面盛大隆重，被当时人称为"曲江大会"，庆祝的时间甚至长达一两个月。举行宴会的地点一般都设在曲江杏园岸边的亭子中，所以也叫"杏园宴"。

曲江宴最惹人注目的一个环节当属"探花"了,大家推选出两名才华横溢的少年郎为探花使,遍游京城名园,寻找名贵的牡丹花;若他人先得名花,这两人就要被罚。为了求得名花,探花使的马蹄踏遍长安的名园与寺院,骏马红衣、风流倜傥的美少年在大道上一骑绝尘,不知惹得多少姑娘秋波频送、芳心暗许。唐昭宗年间(889—904),诗人韩偓进士及第,探花宴上,英俊潇洒的韩偓被选为本届探花活动的探花使。一位多情女子将眉痕与唇红印在洁白的缭绫手帕上,悄悄送给韩偓,以示倾慕。韩偓感念美人之意,写诗作为纪念:"解寄缭绫小字封,探花筵上映春丛。黛眉印在微微绿,檀口消来薄薄红。"孟郊则在登科后写下"春风得意马蹄疾,一日看尽长安花",其实,孟郊及第时已经四十六岁,无论如何也不符合"少俊"的年龄要求,是不可能成为探花使的。

自由行　这首《曲江对雨》的颔联"林花著雨胭脂湿,水荇牵风翠带长"是杜诗中写景的名句,关于这句诗,在后世还有一个有趣的故事。话说到了北宋年间,一天,苏东坡、黄山谷、秦少游、佛印和尚这四位好朋友在寺院闲坐聊天。墙上刚好题有杜甫这首诗，因为墙泥脱落，"林花著雨胭脂湿"的"湿"字已经难以辨认，四位诗人好奇，纷纷猜测杜甫原诗用的是何字。于是，东坡补一"润"字，黄山谷补一"老"字，秦少游补一"嫩"字，佛印补一"落"字。这四个字也不差，但是放在杜甫诗中总觉得缺了点意蕴。于是他们回去找到一本杜诗翻阅，发现杜甫原来用的是"湿"字，不由为杜甫炼字的功力拍案叫绝。一个"湿"字，恰好衬出了曲江雨后的萧条寥落。杜甫自称"为人性僻耽佳句，语不惊人死不休"，看似不经意的用笔，其实包含着高妙的韵味。

浐水 ‖ 何如游浐水

名相与女皇的故事

票根　　　　　　赐姚崇

武则天

依依柳色变，处处春风起。

借问向盐池，何如游浐水？

说明　　　自古有"八水绕长安"之说，"八水"分别
　　　　　是灞、浐、泾、渭、沣、滈、涝、潏。浐水
即是关中八水之一。浐水出自蓝田谷，北至霸陵入灞水。
正是这些河流的滋养灌溉，才有了肥沃富饶的关中平原。

这首诗作于长安二年（702），此时武则天称帝已
十二年。姚崇按察蒲州盐池后回到长安，武则天特赐以
此诗，以示对臣子的问候与嘉奖。这首小诗没有御赐诗
庄重矜严的皇家气象，反而更像是对老朋友的依依闲话。
你看，柳树吐露着嫩黄与新翠，轻柔的暖风四处吹拂着，
一片春光荡漾。你已经去盐池许久了，如今回到长安，

不如去浐水领略初春的盛景吧。相信姚崇看到这首诗后，定不会辜负女皇的一番美意，约朋呼友，携酒盈樽，在浐水纵游半日，看花看柳，缓缓归矣。

官员打卡　　浐水发源于秦岭，向北流经白鹿原与少陵原之间的蓝田县、长安区、西安市东南郊和东郊，唐朝时人们离开长安城，多会路经浐水，因此浐水亦是送别之地，出现在唐诗中的浐水也多和送别的意象相关。如韩琮《暮春浐水送别》："绿暗红稀出凤城，暮云楼阁古今情。行人莫听宫前水，流尽年光是此声。"悠悠浐水不仅留下了光阴流逝的遗痕，也见证了王朝的荣枯沉浮。

在唐朝做官，升迁与贬谪都是常有的事。长安作为都城，是全国的政治中心，也是士子们博取荣华富贵的进阶地和大小官员们渴望栖身的名利场。被贬谪出京的官员离开长安路过浐水时，心境大半是颓丧灰暗的。或许离开了长安，就意味着离治国平天下的政治理想越来越远了。于是诗人们或是寄情山林，或是著书立说，在诗国中开疆拓土，留下不朽的篇章，这亦算是一种历史的补偿吧。

自由行　　　武则天是中国历史上唯一的女皇帝，历来对她的评价褒贬不一。然而值得肯定的是，她能够选贤任能，提拔了一批有才之士，姚崇就是其中杰出的一位。姚崇最初担任郎中，对军机文书分析透彻，处理得井井有条。武则天认为他是奇才，便提拔他为夏官侍郎。经狄仁杰的大力推荐，姚崇被任命为同平章事，相当于宰相的官衔。然而他得罪了武则天的男宠张易之、张昌宗兄弟，被调离京城担任边境安抚大使，临行前姚崇推荐了张柬之任宰相。此时张柬之已经八十岁了，谁料武则天正是栽在这位八十老翁的手里。张柬之联合朝臣，杀死武则天的男宠，逼迫其让位给太子李显。

唐中宗李显复位后，以姚崇、张柬之为宰相，加封姚崇为梁县侯。然而姚崇却没有接受相位，而是选择外放出任亳州刺史，他很清醒地看到，武家势力强大且居心不轨，京城非久留之地。果然，不久后张柬之被杀，武三思和韦后掌权，之后武三思又被杀，韦后和安乐公主毒死中宗，李隆基又发动政变杀死韦后，拥父亲李旦继位。李旦禅位，李隆基继位后，邀请姚崇回到长安担任宰相，姚崇借机提出"十事要说"，申述了自己的施政纲领，得到玄宗支持。君臣共同开启了"开元盛世"。姚崇政绩显著，朝野俱服。有一次，姚崇问下属紫微舍人齐瀚道："我作为宰相，可以与管仲、晏婴相比吗？"齐瀚倒是很实诚，他说："虽比不上管仲、晏婴，也可称作救时宰相了。"此后，姚崇便有了"救时宰相"之称。

渭水 ‖ 落叶满长安

渭水畔的绝美秋景

票根　　　　　　**忆江上吴处士**

　　　　　　　　　　　　贾　岛

　　　　　　　　闽国扬帆去，蟾蜍亏复圆。

　　　　　　　　秋风生渭水，落叶满长安。

　　　　　　　　此地聚会夕，当时雷雨寒。

　　　　　　　　兰桡殊未返，消息海云端。

说明　　　渭河是黄河最大的支流，泾河又是渭河最大
　　　　　　的支流，八百里秦川正是由渭河冲积而成的
大平原。渭水源出甘肃渭源，东流横贯陕西渭河平原，
至潼关入黄河。《诗经·邶风·谷风》中说"泾以渭浊，
湜湜其沚"，成语"泾渭分明"就是出自此处。泾河与
渭河交汇时，因含沙量的不同，互不交融，一清一浊，
非常分明。

　　渭水历史悠久，在唐代社会中发挥了重要作用，融

入到唐朝人的日常生活。唐代定都长安，正是考虑到"八水绕长安"的山水形胜，渭水带来了充沛的水资源与肥沃的土壤。随着长安城人口迅速增长，粮食供不应求，渭水漕运能保证关中地区粮食供应，也为人们生活、交通提供了便利。

出入长安必须经过渭水，送别便成为唐代渭水诗歌写作的一大主题。贾岛考中进士前，在长安结识了一个隐居不仕的吴姓朋友，"处士"是对隐者的泛称。后来吴处士离京赴福建，贾岛想到他或许还在长江上漂泊，前途未卜，便写下这首诗来怀念他。颔联"秋风生渭水，落叶满长安"二句尤为精警。一个"生"，一个"满"，形象刻画了渭水的烟波浩渺与壮阔秋景，渲染了送别时黯然销魂之情。

隐士打卡　　唐代社会隐居风气兴盛。隐居的首选之地就是距离都城不远的山水园林。原因有二：一是不影响上下班，文人大多官职在身，在京城处理完公务，不用太久就可以回到田园别业间休养身心；二是唐代人的隐居并非真正的绝离尘嚣，不问世事，他们所追求的是内心世界的舒适安谧，在自然山水间完成对自我精神的慰藉。

在渭水之滨建造隐居之所是个不错的选择。首先，古人认为水是生命之源，老子说，"水善利万物而不争"。居住在水畔，有助于荡涤心灵的尘垢，净化心灵，保持内在精神的纯洁无染。其次，水边多胜景，青山绿水，茂林修竹，映带左右，足以令文人玩得开心、吃得愉快了。偶尔农家乐一游也是新奇有趣，如王维《渭川田家》所写："田夫荷锄至，相见语依依。即此羡闲逸，怅然吟式微。"农田里挺秀的麦苗、锄禾的农夫、鸣叫的野鸡，都让诗人领略到乡村生活的淳朴可爱。

将渭水隐居践行得最好的诗人当推白居易。白居易建造了数十间茅屋，坐北朝南的院落临渭水而设，亭台、佛堂错落有致，打开东边的窗子就能眺望华山，南边是一片桃花林。白居易在《渭村雨归》中写道："渭水寒渐落，离离蒲稗苗。闲傍沙边立，看人刈苇苕。"如果白居易生活在当代，或许也会吟一句："我有一个院子，面朝渭水，春暖花开。"

自由行　　　　　贾岛是唐代著名的苦吟诗人，他为了追求字句工稳苦心孤诣，写诗自叹道："两句三年得，一吟双泪流。知音如不赏，归卧故山秋。"其实，贾岛不必担心无人欣赏，大文豪韩愈就是他的知音。

贾岛初次赴京时，在驴背上想到两句好诗："鸟宿池边树，僧敲月下门。"然而，贾岛在"推""敲"之间迟疑不定，想得入了神，还在驴背上比画着或"推"或"敲"的姿势。韩愈此时在京城做官，按规定，官员出巡时，行人必须避让，而沉迷于构思的贾岛不知不觉就冲撞了韩愈的仪仗，韩愈不仅没有责难贾岛，反而帮着分析："敲，令人联想到深山寺院的幽静，还有动态的声音传来，比'推'字要好。"贾岛深以为然，两人从此成为好朋友，经常一起吟诗作对。"推敲"也成为一个典故流传下来，用来形容写文章或者做事时细心思量，反复斟酌。

骊山 ‖ 霓裳一曲千门锁

皇室度假游的地方了解一下

票根

冷日过骊山

赵嘏

冷日微烟渭水愁，翠华宫树不胜秋。

霓裳一曲千门锁，白尽梨园弟子头。

说明　　骊山位于今陕西临潼南，风景秀美，周、秦、汉、唐以来，一直是王室贵族游乐之处。古往今来，巍巍骊山见证了周秦汉唐的兴衰沉浮。传说西周时期，周幽王为博褒姒一笑，在骊山烽火戏诸侯。后来，犬戎入侵，诸侯无一兵一马来救。周幽王死在骊山脚下，倾国倾城的褒姒被俘虏。秦王嬴政登基后，发刑徒七十万，在骊山建造宫殿，本以为帝业能传至千秋万载，岂料二世而灭，其兴也勃焉，其亡也忽焉。当唐玄宗与杨贵妃在骊山温泉宫享受人间极乐时，又怎会想到安史之乱的铁蹄即将踏碎大唐山河。

骊山见证了一个朝代的辉煌，也是大唐全盛时的象征。然而，当诗人赵嘏来到骊山时，历史的车轮已经走到了唐朝的末年。诗题中的"冷日"，既是指寒冷的时节，更寓示着诗人感时伤世的心境。经历了安史之乱的唐朝，气象衰飒，日薄西山。骊山也褪去了昔日的荣光，只剩下烟雾弥漫的渭水与枯黄凋零的宫树，勾起人对盛世的记忆。天宝年间（742—756），酷爱音乐的唐玄宗曾亲制《霓裳羽衣曲》，命梨园子弟演习。诗人不禁想到，千万重宫门深锁着的是无数个梨园弟子的青春韶华。或许《霓裳羽衣曲》悠扬美妙的乐调未曾改变，但是山河已改人事全非，任谁听到这一曲昔日的大唐之音，都会唏嘘感叹吧。

乐人打卡　唐朝是一个名副其实的音乐王国，如果你在大唐的街头漫步，一定会不时被丝竹管弦之声所吸引。唐朝的皇帝们大多是音乐爱好者，唐玄宗更是一位颇有建树的音乐家。他曾经亲选乐部弟子三百，教授技艺，号称"皇帝梨园弟子"。安禄山为讨好玄宗，曾一次进献数百支白玉箫，放在梨园。梨园演奏的曲目中，最出名的要数《霓裳羽衣曲》。关于这个乐曲的由来还有一段传说：中秋节时，唐玄宗月夜赏桂，香气袅袅，清风微拂，不由心旷神怡，步入梦境。他走过一座银色的天桥，只见一座晶莹华美的宫殿里，娉婷婀娜的仙子们翩然起舞，水袖翻飞，伴奏舞曲更是飘逸出尘，妙不可言。玄宗一梦转醒，忙记下梦中所听之曲，并召集梨园弟子按照他记下的曲调用琴箫演奏，果然十分动听。《霓裳羽衣曲》分为三大段：散序、中序、破。散序为器乐演奏，至中序开始舞蹈表演，舞女们踏着明快的节奏，舒展水袖，登场亮相。杨贵妃身边有一个叫张云容的侍女，最擅长跳霓裳羽衣舞。杨贵妃唯一传世的诗歌《阿那曲》便是赠给张云容的，"罗袖动香香不已，红蕖袅袅秋烟里。轻云岭上乍摇风，嫩柳池边初拂水"。《霓裳羽衣曲》典雅华美，是盛唐乐舞精神的典型体现，足以令后人心驰神往。

自由行　　　　如果你想来骊山游玩，那么建议你最好比诗人赵嘏早来几十年，在开元天宝年间（713—756），定能享受一场视觉与听觉的盛宴。如白居易《长恨歌》所写："骊宫高处入青云，仙乐风飘处处闻。缓歌慢舞凝丝竹，尽日君王看不足。"唐玄宗富有艺术才能，能歌善舞的杨贵妃入宫后，更激发了他的音乐灵感，他特意创作一曲《得宝子》，来表达遇见杨贵妃时如获至宝的欣喜。

唐玄宗过生日时，总会令教坊中乐女身穿五彩衣服编排一个舞蹈节目，舞技最为出众的宜春院站在最前排。玄宗还命人给骏马穿上花纹装饰的衣服，马鬃间佩戴宝石铃铛，百马奔腾，金光闪闪，铃声悦耳。玄宗为此景作了一曲《倾杯乐》，后来每逢唐王朝的宫廷宴会，都会演奏这支象征着繁荣昌盛的曲目。还有来自西域部族的技人表演马术，胡姬歌舞助兴，好不繁盛热闹，令人目不暇接。如果你足够幸运的话，说不定还能偶遇酒后填词的李太白、弹琵琶的雷海青，或者舞剑的公孙大娘呢！

华山 ‖ 岧峣太华俯咸京

西岳峥嵘何壮哉

票根　　　　　　　　**行经华阴**

崔　颢

岧峣太华俯咸京，天外三峰削不成。

武帝祠前云欲散，仙人掌上雨初晴。

河山北枕秦关险，驿路西连汉畤平。

借问路傍名利客，无如此处学长生。

说明　　　华阴位于关中平原东部，是华山所在地。华山以险著称，杜甫仰望华山时曾写道："西岳崚嵷竦处尊，诸峰罗立如儿孙。安得仙人九节杖，挂到玉女洗头盆。"华山玉女祠前有石臼，称"玉女洗头盆"。其水碧绿澄澈，雨不加溢，旱不减耗。

开元十一年（723），诗人崔颢途经华阴时，有感于华山的险峻壮美，写下这首七言律诗。三峰，指华山的莲花、玉女、明星三峰。仙人掌是华山最陡峭的一峰。

行到水穷处——自然风光

相传华山为巨灵神所开，华山东峰尚存其手迹。末句感叹道，南来北往的人们，何必苦苦追名逐利，不如抛下尘念，在此休养身心。

道士打卡　　　　其实，华山历来就和道家联系在一起，许多道家故事与传说都发生在华山。五岳之中，华山距离长安最近，备受瞩目。唐皇室与道家始祖老子同姓，故尊奉道教为国教。开元十二年（724），唐玄宗东巡，经过华山时，特意撰写了一篇《西岳太华山碑序》，颂扬华山的道教文化氛围。

　　李白就是道家信徒，对求道之事很是热心，他在诗里多次表达了对华山的憧憬。如《古风》诗："西上莲花山，迢迢见明星。素手把芙蓉，虚步蹑太清。"就连毕生笃信儒学的韩愈都曾写下对华山仙境的向往："太华峰头玉井莲，开花十丈藕如船。……我欲求之不惮远，青壁无路难夤缘。"当诗人们在现实生活中遭遇困顿或不幸时，缥缈出尘、超脱苦痛的仙界就成为他们安放身心的清凉世界，想象着仙人御风而行的逍遥快意，足以一吐胸中之愤懑。

自 由 行　　　　如果你对仙道之事不感兴趣，不如跟随诗人崔颢的脚步，去见识盛唐诗坛两位顶级高手的PK。崔颢的性格放浪不羁，一生漫游四方，诗酒度日，这些经历大大丰富了他的视野和见识，写下的诗篇大气磅礴，慷慨激昂。关于崔颢，最著名的一则故事当数"太白搁笔"了。崔颢的《黄鹤楼》被誉为"唐人七律第一"："昔人已乘黄鹤去，此地空余黄鹤楼。黄鹤一去不复返，白云千载空悠悠。晴川历历汉阳树，芳草萋萋鹦鹉洲。日暮乡关何处是，烟波江上使人愁。"此诗一出，立时倾倒众生，被推为绝唱。后人再去黄鹤楼时，都会不由自主地想起崔颢这首诗。

李白高唱着"一忝青云客，三登黄鹤楼"走来了，他本想也在黄鹤楼留下传世诗篇，然而面对崔颢这首前无古人、后无来者的杰作，竟无从下笔，无奈掷笔感叹道："一拳捶碎黄鹤楼，一脚踢翻鹦鹉洲。眼前有景道不得，崔颢题诗在上头。"李白向来睥睨万物，难得对人如此折服，他还模仿崔颢此诗的意境与风格，写下一首《登金陵凤凰台》："凤凰台上凤凰游，凤去台空江自流。吴宫花草埋幽径，晋代衣冠成古丘。三山半落青天外，二水中分白鹭洲。总为浮云能蔽日，长安不见使人愁。"饶是如此，还是有很多评论家认为李白此诗比不上崔颢。

恢弘华美的历史遗迹，是盛唐气象的剪影。雄伟壮丽的宫阙，见证了王朝的兴衰沉浮。庄严肃穆的陵墓，诉说着帝王将相的丰功伟绩。繁华喧闹的坊市，记录下普通人的日常生活。历史的刻度，时光的印痕，都在古老遗迹里一一可寻。

九天阊阖开宫殿——历史遗迹

昭陵 ‖ 乐游原上望昭陵

唐代人心中的圣地

票根　　　　将赴吴兴登乐游原一绝

杜　牧

清时有味是无能，闲爱孤云静爱僧。

欲把一麾江海去，乐游原上望昭陵。

说明　　　乐游原是长安地势最高之处，登上乐游原，可以向东俯瞰霸陵，向南观望终南山。唐宣宗大中四年（850），杜牧不愿意做京官，主动要求外放地方任职，担任湖州刺史。他在临行前登上了乐游原，感慨道："在这太平世界应该有所作为，我却有这般闲情逸致，可见是个无能之人。我像僧人一样喜爱清静，像孤云那样悠闲。不久我就要带着刺史的旌旗仪仗去湖州赴任，在临行前我特意来到乐游原上眺望昭陵。"唐朝末期，士人已经失去盛唐时建功立业的豪情壮志，而是退避到心灵世界的一隅。如李商隐《乐游原》所写：

"向晚意不适，驱车登古原。夕阳无限好，只是近黄昏。"在诗人眼中，华美却苍凉的一抹夕阳，正是晚唐日薄西山的写照，也是士子们灰暗心理的自然投射。

昭陵是唐太宗李世民和文德皇后长孙氏的合葬墓，位于陕西咸阳市礼泉县东北九嵕山上，由唐代著名建筑师兼画家阎立德、阎立本兄弟设计，历时十三年完成，其中就有著名的十四番酋长石像。唐太宗被尊奉为"天可汗"，高宗李治为了纪念宣扬父亲李世民的皇皇伟业，命令雕刻家将被征服的各地番君形象雕刻成石像，并刻上官名，如突厥可汗阿史那社尔、焉耆国王龙突骑支、吐蕃赞普松赞干布、高昌王鞠智勇、薛延陀真珠毗伽可汗、于阗王伏阇信等。

帝王打卡　　贞观十七年（643），唐太宗为怀念当年一同出生入死打天下的功臣，命阎立本在凌烟阁内绘上二十四位功臣的图像，褚遂良题字。凌烟阁上的功臣大多是武将，这让许多诗人都产生过投笔从戎的念头，年轻的李贺便留下"男儿何不带吴钩，收取关山五十州。请君暂上凌烟阁，若个书生万户侯"的诗句，绘图凌烟阁正是很多唐代诗人的人生目标。

唐太宗知人善任，朝臣的才华都能得到施展的空间。唐太宗曾要求在朝官员每人写一篇时政文章，武将常何是个大老粗，便让门客马周代笔写了一篇，文章呈上去后，唐太宗拍案叫绝。常何说："臣不会写文章，这是门客马周写的。"唐太宗当即召见马周，听取他对治国行政的看法与建议，并任命他为监察御史。马周深感知遇之恩，将毕生所学都奉献给国家，鞠躬尽瘁。马周去世后，陪葬昭陵，配享宗庙，供人祭祀。唐太宗亲自为他题字："鸾凤凌云，必资羽翼；股肱之寄，诚在忠良。"对于一个臣子来说，可谓是无上荣光。

　　天宝十四载（755），安禄山发动叛乱，率十五万大军向长安扑来，潼关成为最后一道防线，贼将崔乾佑领白旗军驰突，唐军在潼关一线奋力阻截，仍节节败退。眼看潼关就要失守了，忽然见黄旗军数百队，由六匹骏马率领，宛如天兵天将杀入阵中，与崔乾佑作战，叛军大败。第二天，昭陵看管陵园的官员禀奏，灵宫前石人石马汗流不止。于是，民间纷纷传说是唐太宗英魂显灵，看到儿孙们如此不争气，命昭陵六骏前去扫荡乱臣贼子。传说虽属子虚乌有，却反映了民众思念贞观之治的心情。

自由行　　　看惯了后宫剧里的钩心斗角、争风吃醋，唐太宗与长孙皇后的爱情可谓是帝后中的清流。长孙皇后十三岁就嫁给李世民，陪伴他南征北战。唐高祖李渊在位时，长孙氏以她的聪慧与睿智争取后宫对李世民的支持。李世民发动玄武门之变时，长孙氏亲自去慰问兵士，使得军心振奋。李世民刚登基，就册封长孙氏为皇后。长孙皇后是后宫贤德的典范，为了规范自己的言行，她采集古代后妃的得失事迹，编成一部《女则》。除了将后宫打理得井井有条，她还匡正了唐太宗在朝政上的失误，保护了魏徵等许多直言进谏的大臣。李世民生病时，长孙皇后日夜照料，还在衣带里偷偷藏了毒药，倘若他去世，她便服毒自尽，同生共死。

长孙皇后先后为李世民诞下三子四女，其中就有后来的唐高宗李治。可惜红颜薄命，长孙皇后三十六岁时一病不起，弥留之际，她与唐太宗作最后诀别："请求陛下不要让我的亲属担任要职。死生有命，不要责罚御医。在我死后，千万不要厚葬，不用棺椁，所需器物都用木瓦制作，就是陛下对我最大的纪念了。"长孙皇后的早逝令唐太宗悲痛欲绝，他下令修建昭陵，并在墓园中特意修了一座楼台，以便皇后的英魂凭高远眺。贞观二十三年（649），唐太宗去世，据说他留下遗言："我不要任何陪葬物，只要将《兰亭序》带走。"从此，王羲之《兰亭序》真迹在人间失传，不知所踪。

茂陵 ‖ 茂陵松柏雨萧萧

五陵少年的裘马轻狂

票根　　　　　　　　茂　陵

李商隐

汉家天马出蒲梢，苜蓿榴花遍近郊。

内苑只知含凤觜，属车无复插鸡翘。

玉桃偷得怜方朔，金屋修成贮阿娇。

谁料苏卿老归国，茂陵松柏雨萧萧。

说明　　　　茂陵位于今陕西兴平市东北，在汉代陵墓中
　　　　　规模最大，旁边还有卫青墓与霍去病墓，为
纪念两位大将的赫赫战功，特意将他们的坟冢修成山形。
晚唐诗人李商隐来到茂陵，追忆起汉武帝生前的诸多事
迹：汉武帝曾派贰师将军李广利征伐大宛，得到了汗血
宝马，苜蓿、石榴种满了宫殿。汉武帝喜爱在御苑射猎，
或是装扮成普通人轻装出行。据说大臣东方朔曾偷过西
王母的仙桃，武帝也一心求仙期望长生。谁知流落匈奴

十九年的苏武年老归国后，武帝已经去世了，只有茂陵松柏的潇潇雨声伴随着他。

唐朝诗人喜爱用汉朝的典故，尤其是关于汉武帝的。李商隐表面上在写汉武帝，却意在讽刺时事。晚唐时期，皇帝在宫廷里供养着许多从全国召来的有"仙法"的和尚道士，希望他们能求得长生药和长生术。和尚道士用高超的骗术把皇帝糊弄得团团转，他们在全国各地寻找珍贵药材炼制仙丹，这些丹药大多是由朱砂、琥珀、石英、石钟乳、氧化铅制成，吃了对身体毫无益处，甚至会被毒死。唐武宗命令道士给他配长生药，道士开出的药方居然是"李子皮十斤，桃毛十斤，生鸡膜十斤，龟毛十斤，兔角十斤"，武宗命人拿着这张药方到处寻找药材，当然是一无所获。他又让道士炼制金丹，这次道士炼出的金丹含有烈性化学物质，武宗吃后立即得了重病，不久就一命呜呼了。

游侠打卡　　汉代五陵，分别是西汉开国皇帝汉高祖刘邦的长陵、汉惠帝刘盈的安陵、汉景帝刘启的阳陵、汉武帝刘彻的茂陵和汉昭帝刘弗陵的平陵。汉代在长安城附近皇帝陵墓处设陵城，称为"陵邑制"，被迁徙到五陵原的人不是富商大贾就是六国旧贵族。咸阳原上五个陵邑，聚集了宗族豪强与物质财富，又是朝廷选拔人才的主要考虑对象，可谓是一个国家的核心区域。

唐代游侠风气盛行，五陵的贵族公子构成了豪侠群体的中坚，银鞍白马的形象频繁地出现在唐诗中，赢得不同社会阶层的倾慕。在于鹄《公子行》里，五陵富家子弟斗鸡飞鹰，鲜衣怒马，风流潇洒。当他们出入歌楼妓馆时，笙歌管弦齐奏，赢得无数红粉佳人的芳心。长安贵族侠少中，关西"六郡良家子"也是重要组成部分，因为李唐王朝来自陇西贵族，六郡"良家子弟"也是选拔禁军兵士的主要来源。这些贵族少年骑着白马，双双挟弹，两两鸣鞭，以游侠自居，呼朋引伴，纵酒豪赌，挟妓浪游。活跃在唐诗里的五陵少年，象征着大唐的浪漫主义，诗中酒、手中剑、鬓边花，轻裘骏马，快意潇洒；可以性命相赠，浪迹天涯。

在这种风气影响下，诗人群体里又有不少"古惑仔"。王之涣少有侠气，所从游者皆五陵少年，日日击剑吟啸，悲歌纵酒。到了中年，王之涣才开始发奋学习诗文，不出十年便享誉四海。中唐诗人刘叉，年少时尚义行侠，称得上一位江湖豪客。他曾自称："酒肠宽似海，诗胆大于天。"后来改志从学，博览群书，工于歌诗。"初唐四杰"之一骆宾王的行侠最富有人情味，他天生一副侠骨，专喜欢管闲事，路见不平，拔刀相助。他的好友卢照邻曾到四川任职，爱上了一位郭姓女子，郭氏亦对老卢一往情深。不久，卢照邻奉调还京，就把郭氏忘得一干二净了。郭氏向骆宾王哭诉，老骆义愤填膺，挥笔一首《艳情代郭氏答卢照邻》，替郭氏打抱不平。

自由行

李商隐家境贫寒，幼年丧父，生活十分困苦，十二岁时就要佣书舂米，奉养寡母，童年的苦难造成了心理创伤，养成了敏感多愁的性格。成年后的李商隐才华横溢，因善作骈文受到当朝宰相令狐楚的赏识，十八岁就进入宰相幕府，令狐楚的儿子令狐绹也大力推荐他。李商隐二十六岁登进士第，泾原节度使王茂元很看重他，并将心爱的女儿嫁给了他。谁料从此以后，李商隐的悲剧人生又开始了。晚唐政坛出现"牛李党争"，即以牛僧孺为首的牛党与以李德裕为首的李党，两派政见不同，势同水火，相互攻击。令狐楚父子是牛党的核心人物，王茂元则是李党的成员，李商隐先投令狐家，又做了王茂元的女婿，阴差阳错地卷入党争，当真是命运的捉弄。

唐文宗大和九年（835），二十三岁的李商隐在玉阳山当道士学仙，道观附近有一个灵都观，观里住着一位当道士的公主，还有一些随从公主当道士的宫女。李商隐与一名叫宋华阳的宫女相恋，但宫规森严，李商隐很难和她见面，只能暗地里以诗歌传情，这些情诗通过写道家神仙故事来寄托爱意，如《无题》："紫府仙人号宝灯，云浆未饮结成冰。如何雪月交光夜，更在瑶台十二层。"诗意为："你像那叫作宝灯的紫府仙人一样可望而不可即，仙药五云之浆还没来得及饮下，就在寒夜冻结成冰。为何在这月光与雪光交相辉映的夜晚，你站在瑶台最高处独自赏雪呢？"言下之意是，此时此刻，你正在思念着谁呢？后来，李商隐与宋华阳的恋情被发觉，两人被迫分离。李商隐对待爱情的态度认真而纯洁，犹如对待自己的理想一样坚忍而执着。他用诗歌编织了一个五彩斑斓的梦，在心灵深处浅吟低唱，这也正是李商隐诗歌最动人处。

唐长安城 ‖ 百千家似围棋局

去坊市拜会名人吧

票根　　　　　　**登观音台望城**

白居易

百千家似围棋局，十二街如种菜畦。

遥认微微入朝火，一条星宿五门西。

说明　　　唐代长安的城市布局已经相当成熟完善了，
长安城里共有二十五条纵横交错的大街，其
中南北向大街有十一条，东西向大街有十四条。白居易
登上观音台俯瞰长安城，但见百千家的布局如围棋一般
整齐，十二条大街把城市分割得如同菜田，远远望见官
员们上早朝打的火把，像一条星宿横贯在大明宫西边，
景象十分壮观。朱雀大街是全城最宽阔的街道，将长安
城划分为东西两个部分，东部有五十四个坊和大唐东市，
隶属于万年县；西部有五十五个坊和大唐西市，由长安
县管辖。比较繁华的是永兴、崇仁、永昌、胜业、金城

诸坊。

唐代长安城遍地是名人，他们都曾居住在这大大小小的坊里。如果想去找白居易喝茶听曲，请到新昌坊或宣平坊；想听韩愈谈儒论学，请去靖安坊；想去找柳宗元聊聊人生，请直奔亲仁坊，大将军郭子仪的府邸也在亲仁坊，他的家人奴仆加在一起有三千人，宅邸大，房舍多，连家人都不知道郭子仪的具体住处；想求书法家褚遂良的一幅墨宝，请到平康坊；想找魏徵要签名求合影，请去永兴坊；至于臭名昭著的杨国忠和虢国夫人，则住在宣阳坊。长安城西开元门内的普宁、义宁二坊，是国际友人聚集之处，其中以波斯人为最多，坊内还有专门为信奉祆教与景教者修建的寺院。

胡商打卡　唐代最繁华的购物街位于东市与西市，每天中午打鼓三百下表示开市，商人开门做生意，宽达三十米的街道布满了店铺商位，琳琅满目的商品能让你看花了眼。市场内最惹人注目的就是来自西域各国的胡商了，有高鼻深目的突厥人、波斯人、大食人，紫髯绿眼的粟特人，他们竞相叫卖本国特产，兜售着骨制梳、钗环首饰、珍珠玛瑙、金银器具、玻璃器皿、毛纺织品、胡粉香料……不用担心语言不通的问题，职业翻译人会恰到好处地出现在你身边。骑在马背上的胡服女子，戴着幂篱，扬鞭策马在街市穿行。一支商队刚沿丝绸之路归来，高大的双峰骆驼背上铺有圆形毯子，鞍架上驮有装满丝绸的锦囊。几个日本留学生与遣唐使、吐蕃的使者，甚至还有黑人也在市场闲逛，他们惊叹于大唐的富庶与开放。逢年过节时，胡人祈福活动就是长安城最富有异域风情的一景，西域魔术师在仪式上表演"破腹出肠"的奇妙幻术，人群中不时爆发出惊异声与欢呼声。东市最有特色的就是胡商开设的酒肆饭店了。街边的酒肆饭馆里，面脆油香的胡麻饼新鲜出炉，热气腾腾的胡麻汤和波斯国的三勒浆酒让人馋涎欲滴。春明门外龙首渠的运河上桅樯林立，产自江浙的大米、南海的珍宝，是长安人生活中的重要物资。

傍晚，太阳下山时，管理市场的人敲钲三百下，商店纷纷关门打烊。通向长安城十二座城门的大街上，冬冬鼓击打八百声，所有行人都要回到坊内，坊门关闭，进入全城戒严的状态。如果没有及时回到坊里，就会受到巡逻队的处罚。中晚唐以后，由于商业的发展与旅馆的增加，夜市逐渐繁荣起来，崇仁坊的夜市往往通宵达旦，灯火不绝。尽管朝廷一直发布禁夜的命令，夜市却没有被取缔，反而迎合着市民的需要蓬勃壮大，连京兆尹王式也经常去夜市购物聚会。

自由行　　长安城的房价很贵，很多进京考试的士子付不起旅馆钱，只好寄住在宿费便宜的寺庙里。贞元三年（787），年方十六岁的白居易刚进京时，带着自己的诗作去拜见鼎鼎大名的诗人顾况。顾况瞥了一眼名帖，就拿白居易的名字开玩笑："长安米贵，居大不易。"当他打开诗卷看到第一篇："离离原上草，一岁一枯荣。野火烧不尽，春风吹又生。"立时赞叹道："哎呀，如此好诗才，想住在哪儿都容易啊！"白居易因此名声大振。

然而，白居易这样的大诗人想在长安城购房也是十分艰难。贞元十六年（800）白居易进士及第后，一直在常乐坊租房子住，长达十八年。唐代京官的俸禄没有外地官员的高，白居易靠着贬官之后历任江州司马和忠州刺史的俸禄，攒够了买房钱，终于在新昌坊喜提新房一套。新昌坊的位置比较偏僻，房价还要二三十万钱，约合绢二三百匹。升平坊才是文官的首选地段，那里离皇城近，地势高，风景好，井水清冽甘甜。回头看一眼自己在新昌坊的小屋，白居易也只能嗟叹一声："省史嫌坊远，豪家笑地偏。"没有对比就没有伤害，白居易的好友元宗简却在升平坊购置了一套新房，白居易之前一直想和元宗简做邻居，携手过上"明月好同三径夜，绿杨宜作两家春"的美好生活，但此时他也只能自我安慰道："莫羡升平元八宅，自思买用几多钱。"我还是甭羡慕元八这家伙的新房了，谁晓得要花多大一笔巨款啊。

大唐西市 ‖ 五陵年少金市东

最繁华的国际市场

票根　　　　　　少年行二首·其二

李 白

五陵年少金市东，银鞍白马度春风。

落花踏尽游何处，笑入胡姬酒肆中。

说明　　　　五陵少年豪杰，出身权贵，恣行无拘，他们骑着银鞍白马在春风里踏着落花，目的地正是胡姬酒肆。长安有很多胡姬，这些高鼻深目装扮入时的白种美人，大多是丝绸之路上被粟特商人贩卖到中国来的女奴。能歌善舞的她们有一项重要营生，就是经营酒业，有胡姬的酒店就叫胡姬酒肆，集中在长安西市及城东春明门至曲江池一带，比寻常酒肆更多一层吸引力。

李白来了！这位盛唐神采最是飘逸的诗人，不但钟爱倜傥潇洒的豪强少年，也喜欢描摹貌美如花的卖酒胡姬。那些拟古想象之词里，处处洋溢着对胡姬的赞美。"胡姬貌如花，当垆笑春风。笑春风，舞罗衣，君今不醉将安归。"胡姬在他笔下，是落花春风时节、银鞍白马装束的标配，是能令五陵少年为之一笑的美人。

东西市的酒家也让李白流连忘返。天宝初年，李白到长安拜见贺知章，贺知章看了他的文章说："你是天上仙人贬谪到世间的。"并将他推荐给玄宗。玄宗对李白的文章十分欣赏，让他做翰林供奉，还亲自给他调和羹汤。李白的忠实粉丝"诗圣"杜甫，曾在《饮中八仙歌》里写道："李白一斗诗百篇，长安市上酒家眠。天子呼来不上船，自称臣是酒中仙。"据宫中发回的报道说，这是李白职务工作中的两次醉酒记录之一。玄宗召李白写诗时，他正在西市酒家里喝得高兴，酩酊大醉，只好用水冲他的脸，才让他稍微醒了点酒。还有一次，玄宗游白莲池时，召李白作序，他在翰林院中大醉，玄宗还让高力士扶着他上了船。

胡商打卡　　玄宗和杨贵妃在沉香亭赏牡丹的时候，用的是玻璃七宝杯，盛的是凉州葡萄酒。这些美酒和胡人风尚，在长安非常受欢迎。长安城里的胡商，极盛时有十万人。而与东市并称的西市，正是唐代长安城最繁华的商业区，有"金市"之称。在丝绸之路最为繁盛的唐代，西市就是这条文化贸易之路的起点。

西市内有二百二十多种行业，店铺到底多少家，并没有具体的记载。不过规模相当的东市曾经发生过一次火灾，被日本来的一位和尚圆仁记录了下来。这次火灾烧毁了曹门以西的二十四行四千四百多家店铺，由此，东西市的规模便可想而知了。在西市里，你能找到车行、药行、绢行、鞋店、鱼店、煎饼糕团店等等，衣食住行生老病死的种种需求之物一应俱全。如果渴了，这里有饮子店，不但解渴消暑，还能祛病强身；如果饿了，快餐立等可取。唐德宗曾突然任命舅爷爷吴凑做京兆尹，虽然时间紧迫，吴凑依然邀请亲友聚餐庆祝，秘诀就是东西市上定做礼席的店家。这种承办酒席的饭店，哪怕三五百人的宴席，也是开锅即可，十分便捷。

西市还有类似于钱庄、当铺的寄附铺，又叫柜坊，能寄存金银财物。如果你是一位大商人，扛着沉重的钱款四处跑不现实，就可以把钱暂寄在柜坊啦。等你需要用的时候，拿着帖或信物到柜坊提取。据说这是银行的雏形，只不过在这里存钱不但没利息，还得缴纳费用。柜坊也能代客人卖出物品。唐传奇《霍小玉传》中，姿容绝世的霍小玉苦等心上人回来娶她，花光积蓄后，只好让婢女偷偷卖掉自己的衣饰杂物换钱度日，办法就是到西市侯景先家的寄附铺寄卖。

自由行　　　如果你到达的时间不对，没有见识到盛唐气象，也不要气馁，西市每个时代都有有趣的事情，比如贞元年间（785—805）那场乐手之间的PK。康昆仑是中唐时期著名的琵琶乐手。一听他的姓，我们就知道这是一位来自撒马尔罕的粟特人，在当时他可是被称为"第一手"的琵琶大师。贞元年间长安大旱，德宗诏令东西两市祈雨。两市之间的竞争由来已久，于是在天门街搭起两座彩楼，请乐工上台表演。东市请到了康昆仑，自然觉得胜券在握，对西市盖彩楼的人大加嘲讽。而到了斗乐当天，康昆仑一曲《六幺》确实不负众望。《六幺》曲调大家应该不陌生，白居易《琵琶行》里那位沦落天涯的女子，就是从《霓裳羽衣曲》弹到了《六幺》。而白居易另一首《听歌六绝句》中的《乐世》，也有"管急弦繁拍渐稠，绿腰宛转曲终头。诚知乐世声声乐，老病人听未免愁"的感慨。

西市的人不动声色，他们的选手是一位女郎，她说她也要弹《六幺》，而且要移入"枫香调"中。换调会大大增加演奏难度，但只见女郎拨弄琵琶，其声如雷，其妙入神。一曲终了，西市完胜。康昆仑无比震惊，万万没想到一个不知名的女郎居然超出了自己的想象，于是要拜女郎为师。西市邀请的女郎得胜后换好衣服，大家才知道"她"竟是庄严寺的僧人段善本。西市为了赢得这次乐手PK，居然想出了请出家人扮成女郎斗乐的主意。第二天，德宗将二人召入宫中，听他们演奏，大为嘉奖，命段善本收康昆仑为徒。段善本听了康昆仑的演奏，说："你所学太杂，而且带有邪声。"康昆仑叹服，他小时候正是先跟着邻家女巫学琵琶，又接触了多位老师。段善本向德宗提出，收徒可以，但要康昆仑十年不近乐器，尽忘所学，再从头学起。这样苛刻到不近人情的要求，康昆仑居然真的做到了，因此学到了段善本所有的技艺。

九天阊阖开宫殿——历史遗迹

大雁塔 ‖ 孤高耸天宫

一起来雁塔题名吧

票根

与高适薛据同登慈恩寺浮图

岑 参

塔势如涌出，孤高耸天宫。

登临出世界，磴道盘虚空。

突兀压神州，峥嵘如鬼工。

四角碍白日，七层摩苍穹。

下窥指高鸟，俯听闻惊风。

连山若波涛，奔凑似朝东。

青槐夹驰道，宫馆何玲珑。

秋色从西来，苍然满关中。

五陵北原上，万古青濛濛。

净理了可悟，胜因夙所宗。

誓将挂冠去，觉道资无穷。

说明　　贞观二十二年（648），李治为了追念其母文德皇后，在长安城东南的晋昌坊建起一座规模宏大的寺院，取名"慈恩寺"。玄奘入住后，建议在慈恩寺内仿照印度佛塔形式建塔，用以贮藏从印度带回的佛经。慈恩寺塔即大雁塔，历史风烟不知湮没了多少宫廷台阁、王侯府邸，唯有大雁塔历一千三百年的风雨侵袭，始终屹立不倒，它本身就已是个传奇。

大雁塔在当时是长安城里最高的建筑，也是著名的登临游览之地，与诗人们结下了不解之缘。天宝十一载（752）秋，岑参与高适、薛据、杜甫、储光羲诸位友人共登慈恩寺塔，览胜题诗。这是一场别开生面的赛诗会，这几人都是当时文坛上的重量级诗人，同题赋诗是比拼诗艺的绝佳机会，诗人们各显身手，实力不凡。比赛结果经后世学者的评定，杜甫夺得头筹，岑参紧随其后，高适位列第三。岑诗胜在雄浑悲壮，紧扣主题，极力突出塔势之高。在岑参的眼中，大雁塔宛如平地涌出，巍峨耸入天宫。极目眺望，但见山势如波涛起伏，青槐夹着笔直驰道，楼台宫殿玲珑壮观。秋色从西而来，苍茫弥漫关中。诗作写尽空远之景，令人神往不已。

进士打卡 对于新科进士来说，最幸福的时刻就是游曲江、宴杏园、登雁塔题名了。唐中宗神龙年间（705—707），进士张莒游慈恩寺，一时兴起，将名字题在大雁塔下。不料此举引得文人纷纷效仿，尤其是新科进士们，更把雁塔题名视为莫大的荣耀。他们参加完曲江宴饮后，集体来到大雁塔下，推举书法最好的同伴将他们的姓名、籍贯和及第时间用墨笔题写下来，刻在雁塔石砖上，称为"题名会"。日后，若其中有人做到了卿相，还要将姓名改为朱笔书写。可以说，雁塔题名是唐代读书人心中最荣耀的时刻。

雁塔题名后，进士们还要会集杏园。杏园在曲江之西，与慈恩寺南北相望，因园内遍植杏树而得名。唐时，长安人都喜欢到这里游览赏花，新科进士也会在此举行探花宴，又称杏园宴。贞元十六年（800），二十七岁的白居易一举及第，在同榜考中的十七人中最为年轻，他难掩满心得意，挥毫写道："慈恩塔下题名处，十七人中最少年。"然而，不是所有人都像白居易这样幸运，著名诗人顾况的儿子顾非熊也是个才子，科举却十分不顺，连续考了三十年都没有考中。唐穆宗听到顾非熊多次落榜的消息也十分纳闷，他责问主考官："顾非熊三十年都没考上进士，明明很有诗才的人却不录用，这是为何？"遂下旨重新张榜，顾非熊这才成为进士。

自由行　　唐代的寺庙不仅是佛教徒的修行之处，也是公共文化活动区域。庙宇的清幽环境与文化气氛都有助于人们暂时忘却世俗的羁绊，求得心灵的愉悦与放松。在长安众多的佛寺中，慈恩寺是最负盛名的一座。玄奘取经归来后，为了迎接玄奘入住慈恩寺，唐王朝举行了空前盛大的仪式。唐太宗李世民、皇太子李治等亲自出席，华丽的排场炫目浮空，震耀都邑，人山人海，大家争相目睹大师的风采。玄奘在大慈恩寺翻译经文达千卷，使得大慈恩寺成为佛教唯识宗的祖庭。唐高宗还亲笔撰写了《大慈恩寺碑》。

　　慈恩寺塔为何得名大雁塔呢？据说这来源于印度佛教故事。起初，佛教分为大乘与小乘，大乘吃素，小乘不戒荤腥。有一天，小乘派的僧人没有肉给方丈吃，正在苦恼长叹时，天上飞过一群大雁，僧人就想，不如杀死一只雁给方丈吃。念头方毕，就有一只大雁掉落在地上。

僧人忙捡起大雁，做成了一道美餐。方丈问，肉从何来？僧人如实回答，方丈惊诧道："这不是大雁，是一位菩萨显圣，舍身布施，为了度化你我。"从此以后，小乘佛派也不再吃肉，并建造雁塔以示纪念。慈恩寺塔仿照印度佛塔形式，所以也叫作雁塔。后来又在荐福寺建了一座较小的雁塔，为了区别，人们便把大慈恩寺塔叫作大雁塔，把荐福寺塔叫作小雁塔。

芙蓉园 ‖ 风来花自舞

大唐芙蓉园的前世今生

票根　　　　　**春日芙蓉园侍宴应制**

宋之问

芙蓉秦地沼，卢橘汉家园。

谷转斜盘径，川回曲抱原。

风来花自舞，春入鸟能言。

侍宴瑶池夕，归途笳吹繁。

说明　　　　景龙三年（709）的春天，唐中宗在芙蓉园举

办宴饮，宋之问、李峤、苏颋、李乂等御用

文人同题赋诗，以宋之问的这首诗最佳。诗意为：秦代

的池沼里种满荷花，汉代的花园里满是金橘，山谷幽深，

盘径回旋，小溪弯曲地环抱着古原。春风中群花舞动，

鸟儿歌唱。侍宴直到傍晚才结束，归途中依然乐声不断。

　　芙蓉园是皇家禁苑，四周筑有围墙，大臣要有皇帝

诏令才能进入，平民更难以窥见。紫云楼是芙蓉园里的

标志性建筑，位于曲江池与芙蓉园之间，曲江大会时，皇帝与众妃嫔登上紫云楼，观看演出，赐宴群臣。开元二十年（732），唐玄宗为了方便出游芙蓉园，沿长安城的城墙修建"夹城"，两边都是城墙，中间夹着一条平坦宽广的大道，向北通往大明宫，向南通往芙蓉园。皇室的车马在夹城来往穿行，外面的人们完全看不见，只能听到车响马蹄声。

士子打卡　　　　说起大唐芙蓉园，最不能忘记一个人，他就是建筑大师宇文恺。宇文恺本是北周皇族，入隋后负责修建了许多著名工程，东都洛阳城正是他的建筑杰作。隋文帝杨坚嫌原来的汉长安城宫室太小，井水又难喝，遂下诏营建新都，名为"大兴城"。宇文恺担任总工程师，从规划设计到营造施工，都由他负责。宇文恺仅用一年时间就建好了大兴城，他按地势高低错落布置里坊、寺观等各种建筑，考虑到曲江地势较低，有水流，于是开凿为池，引水灌之。又在西汉时宜春苑的基础上筑造楼台，广种芙蓉，整修出一个风景如画的御花园，竹草蔚阜，池波潋滟，宛如仙境。隋文帝厌恶"曲"字不正，下诏改名为"芙蓉园"。唐代时进一步扩建了芙蓉园，称之为"南苑"，这是唐代最负盛名的御花园。唐玄宗经常带着杨贵妃来到芙蓉园，杜甫《哀江头》有"忆昔霓旌下南苑，苑中万物生颜色。昭阳殿里第一人，同辇随君侍君侧"，正是描写皇室在芙蓉园游玩的情景。

自由行

唐懿宗咸通十四年（873），韦昭范考中了进士，与度支郎杨严约同新科进士在曲江宴乐，正喝到高兴处，忽然闯进来一名骑驴恶少，他自称是宦官的亲信，拿木槌到处乱打，毫无顾忌地砸场子。进士们正拿这个疯癫恶少没办法时，一名壮汉及时出现，抢过木槌去打那恶少，众人纷纷拍手叫好。突然，芙蓉园紫云楼的大门敞开，一群紫衣人簇拥着一个大宦官纵马跑出，大喊："不许打！不许打！"壮汉毫不畏惧，迎着宦官们一通猛打，打得他们人仰马翻，狼狈逃窜回紫云楼。进士们拉住壮汉表示感谢，一问才知他只是附近宣慈寺的看门人，看不惯宦官的飞扬跋扈，这才路见不平出手相助。那伙宦官能出入紫云楼，定是当朝权贵，进士们担心闯下大祸，赶紧拿钱答谢了看门人，众人一哄而散，宴席草草收场。

青龙寺 ‖ 拟看青龙寺里月

日本僧人空海的秘密

票根　　　　　　　**题青龙寺**

賈　島

碣石山人一轴诗，终南山北数人知。

拟看青龙寺里月，待无一点夜云时。

说明　　　青龙寺始建于隋文帝杨坚开皇二年（582），
原名灵感寺，唐代景云二年（711）改名青龙
寺。寺庙位于地势高峻、风景优美的乐游原上，是唐代
中期极为兴盛的修习之地。青龙、白虎、朱雀、玄武是
天之四灵，青龙代表东方。青龙寺位于东南隅，寺名或
由此得来。青龙寺是唐朝佛教真言宗祖庭，密宗大师惠
果长驻于此，许多外国僧人慕名前来学习，日本著名的"入
唐八家"中的六家——空海、圆行、圆仁、惠云、圆珍、
宗睿，就先后在青龙寺受法。

　　唐代佛教文化兴盛，不少文人曾在青龙寺游览或寄

宿。贾岛在元和六年（811）秋随韩愈来到长安，就寓居青龙寺。贾岛自号"碣石山人"，因苦心作诗，人称"诗奴"。贾岛本是僧人，韩愈很赏识他的诗才，便劝他还俗参加科举，转行做诗人，谁料贾岛一直名落孙山，还遭人诽谤，仕途不顺。后来，他索性把全部精力都放在五律上，竟吸引了一大票的追随者。其中最疯狂的粉丝要数晚唐诗人李洞，他对贾岛的膜拜深入骨髓，当时人都说他"酷慕贾岛"。李洞用铜铸了一尊贾岛像，放在头巾里，平时佛珠不离手，口中念念有词，为贾岛祈福，其热情度毫不输于现代的追星族。

僧侣打卡　　唐代是佛教发展的高峰时期，长安是汉传佛教的圣地，八大宗派中有六个宗派的祖庭就位于长安：净土宗祖庭是香积寺，律宗祖庭是终南山净业寺，唯识宗祖庭是大慈恩寺，华严宗祖庭是华严寺，三论宗祖庭是草堂寺，密宗祖庭是大兴善寺与青龙寺。

唐代高僧辈出，玄奘、一行、鉴真、惠能并称为"四大高僧"。一行还是天文学家，他第一次提出了月亮比太阳离地球近的科学论点，第一次用科学方法实测地球子午线，并首创唐代新历《大衍历》，制成水运浑天仪、黄道游仪。鉴真是佛教律宗传人，应日本留学僧请求，先后六次尝试东渡日本，前五次东渡都失败了，鉴真因此疾病缠身，双目失明，然而他从未放弃弘扬佛法的信念，终于在第六次东渡成功，成为日本佛教南山律宗的开山祖师，深受日本人民的爱戴。惠能是禅宗六祖，著有《坛经》。按佛教经义，只有释迦牟尼的著作能称为"经"，而《坛经》是佛教唯一一本僧人所著，却被尊称为"经"的禅宗著作。

自由行

唐德宗贞元二十一年（805）五月，青龙寺迎来了一位重要的客人，他就是日本僧人空海。空海名遍照金刚。他为了寻求佛法，历尽千辛万苦来到中国，终于得以拜谒真言宗第七代宗主惠果高僧，被授以遍照金刚的灌顶名。十二月，惠果大师圆寂，空海怀着崇敬的心情撰写了碑文。如今来到青龙寺，仍可以看到这块碑文与造型优美的空海纪念碑。电影《妖猫传》里有空海和白居易一起愉快玩耍的场景，这在历史上也是很有可能的。空海在长安学习佛法的两年里，白居易正好也在长安任职，他住在永崇里的华阳观，空海住在位于新昌坊的青龙寺，相距很近，他们或许就经常在寺院相遇，一起赏花聊天。

《妖猫传》中，空海历经千辛万苦，来到大唐长安，是为了求得解脱生死的秘密，他最终也得偿所愿，带着求得的佛法，开创了日本密教真言宗。除了佛教经义，空海还带回一个关于诗歌的秘密——声律。中国古典诗歌是怎样从古体诗走到近体诗的？从南北朝到唐代，研究声律的风气很盛，产生了许多著作，可流传下来的寥寥无几。空海在长安时，除了夜以继日地抄写佛学经卷，也记录下了许多关于诗歌声律的典籍，他回国后利用这些资料写下了《文镜秘府论》，许多已经失传的中国古代典籍因此得以保存。空海在写书时，并没有把自己当成一个日本人，深厚的汉学功底让他游刃有余地以唐代学者的眼光来编撰这部著作。《文镜秘府论》在日本产生了巨大的影响，直接促进了日本汉诗的发展。空海之于日本的意义，正如玄奘之于中国的意义。

至今，青龙寺庭院中仍立有空海的塑像，每年四月，青龙寺樱花盛开时，游人如织，一向安静的佛寺也喧嚣起来。也许很少有人会想到，千年之前，曾有一位异国僧人在这里苦心向学，他的目光笃定而柔和，他的信念清晰而坚定，在微弱的烛光下，不辞辛劳地亲手抄下一卷卷的经卷典籍。

兴庆宫 ‖ 沉香亭北倚阑干

饮酒、赏花、听曲子、看美人

票根 　　　　清 平 调

李 白

云想衣裳花想容，春风拂槛露华浓。

若非群玉山头见，会向瑶台月下逢。

一枝红艳露凝香，云雨巫山枉断肠。

借问汉宫谁得似？可怜飞燕倚新妆。

名花倾国两相欢，长得君王带笑看。

解释春风无限恨，沉香亭北倚阑干。

说明　　　兴庆宫的花园新来了红、紫、浅红、通白四

　　　　种珍贵的牡丹花，热爱牡丹的唐玄宗将它们

移植到沉香亭畔。花开全盛时，玄宗骑着通体雪白的名

马"照夜白"，杨贵妃乘着步辇，梨园子弟跟在后面，

浩浩荡荡去沉香亭赏花。梨园中最著名的歌手李龟年手持檀板，率领着一众乐队准备演唱。玄宗却说："赏名花，对妃子，良辰美景，赏心乐事，何必听旧曲子呢？"于是便让李龟年手捧金花笺，宣翰林学士李白入宫填写歌词。

李白带着酒意信笔挥毫，立时写下三首《清平调》。第一首诗意为："看到天上的云彩，就想起她华丽的罗裙。看到盛开的花朵，就想起她娇艳的容颜。她好似春风里的牡丹，微微点缀着清晨的露水。她不是俗世中人啊，若非群玉山的仙子，就是瑶台的月神。"第二首诗意为："她是动人的花朵吐露馨香，楚王空为梦中巫山神女断肠，岂知神女赶不上贵妃的万分之一。艳冠汉宫的赵飞燕也要靠精心的化妆，才能勉强与贵妃相比。"第三首诗意为："名花与美人相映生辉，令君王百看不厌，那一颦一笑足以消解无限烦心事，在沉香亭北共同倚靠着栏杆。"

诗仙李白用浪漫多情的词句赞美了大唐最美的女人。玄宗拍手称赞，命令梨园子弟立即用丝竹管弦演奏，李龟年悠扬作歌，杨贵妃很喜爱这三支曲子，笑意盈盈地手捧玻璃七宝盏，斟满西凉州出产的蒲桃酒，玄宗忍不住技痒，亲自吹玉笛伴奏。

帝王打卡　　从唐高宗时到唐末，历代皇帝都在大明宫处理朝政，只有唐玄宗住在兴庆宫，那是他少年时就居住的地方。李隆基还只是临淄郡王时，与他的兄弟宁王李宪、申王李撝、岐王李范、薛王李业，陪同祖母武则天从东都洛阳来到西京长安，武则天将隆庆坊南边的宅子赐给他们，此即"五王子宅"。李隆基当皇帝后，隆庆坊为避讳改名为兴庆坊，隆庆池改名为兴庆池。兄长李成器（即李宪）上书请求将兴庆坊改为皇宫，唐玄宗欣然应允，取名为兴庆宫。兴庆宫里有兴庆池，池水上方常有云雾笼罩，又称龙池。

　　唐玄宗本是睿宗李旦的第三子，按古代的嫡长子继承制度，本应由长子李成器继承皇位，但李隆基与太平公主联手发动政变诛杀韦后，又拥立父亲李旦即位，立下大功。李成器坚决辞掉太子之位，说："国家安定可以遵照嫡长子继承制，国家危难就应让位于有功之人。隆基有功于国，我决不居隆基之上。"兴庆宫里的花萼相辉楼，名字取自《诗经·小雅·常棣》："常棣之华，鄂不韡韡。凡今之人，莫如兄弟。"玄宗以此命名，来标榜兄弟之间手足情深，如花萼与花冠一样永不分离。玄宗经常来到花萼相辉楼，与诸兄弟宴饮行乐，长枕大被，同卧同起，十分亲近。李成器去世后，被追封为"让皇帝"，葬于惠陵。

自由行

勤政楼前，一场盛大的国宴即将拉开帷幕。玄宗因禅让得位，先奏文舞，再奏武舞。太常寺协律郎手举麾节担任乐队指挥，来自西域的胡乐与中原传统清乐轮番奏响。奏乐结束，接下来是精彩的表演环节，驯兽师引着大象、犀牛入场，向皇帝跪拜行礼，艺人装扮成小丑表演俳优戏、参军戏，把宾客们逗得捧腹大笑，来自西域的幻术表演将晚会推向高潮。

绳技表演最为惊险刺激。高空的绳索上，一名美丽女子稳稳行走，百名壮汉擂鼓助威，她的舞步都配合着鼓点的节奏。为了增加节目的看点，她让人们朝她扔短剑抛弹丸，她在绳上灵巧地侧身、翻身，躲避攻击。忽然，她身体一闪要跌下去，观众们吓得失声尖叫，但见她又倒挂在绳子上好似垂柳，一时满场掌声雷动。十岁小神童刘晏已担任秘书省正字，他也在勤政楼上参加宴会，杨贵妃把他抱在膝上，给他梳头打扮。顶竿艺人王大娘正在献技，刘晏即兴赋诗道："楼前百戏竞争新，唯有长竿妙入神。谁谓绮罗翻有力，犹自嫌轻更著人。"

玄宗将牙笏与黄纹袍赏赐给小诗人。

　　"蹀马之戏"是玄宗最爱看的节目，上百匹进贡的良马经过专门训练后，于每年玄宗的生日"千秋节"时，在勤政楼前进行表演。金银珠宝装饰的骏马随着音乐奋首鼓尾，奔腾欢跳，十分可爱，奏乐歌唱的乐工都是高颜值美少年。舞马身怀绝艺，能做各种惊人动作，腾挪跳跃，旋转如飞，在力士举起的榻上翩翩起舞。宰相张说《舞马词》"屈膝衔杯赴节，倾心献寿无疆"记录了一个高难度动作，即舞马嘴里衔着酒杯，屈膝向皇帝祝寿。陕西历史博物馆藏的唐鎏金舞马衔杯纹银壶，壶身两面各有一匹舞马，口衔酒杯，表现的正是这一场景。

大明宫 ‖ 万国衣冠拜冕旒

起床，准备上早朝了

票根　　　　**和贾舍人早朝大明宫之作**

王　维

绛帻鸡人报晓筹，尚衣方进翠云裘。

九天阊阖开宫殿，万国衣冠拜冕旒。

日色才临仙掌动，香烟欲傍衮龙浮。

朝罢须裁五色诏，佩声归到凤池头。

说明　　　唐肃宗乾元元年（758）春，担任中书舍人的

贾至上朝后诗兴大发，写下一首《早朝大明

宫呈两省僚友》。同时在朝为官的还有杜甫、岑参、王维，

他们三人各和了一首诗。若将四首诗分个高下，则王维

排第一、杜甫排第二、岑参排第三，贾至虽然是首倡者，

却遭到队友的实力碾压，只能排第四。

　　王维的诗歌分别描写了早朝前、早朝中、早朝后三

个阶段的情景。五更时分，头戴红巾的卫士打更报晓，

九天阊阖开宫殿——历史遗迹

掌管服饰的尚衣局送上了新制的翠云裘。百官公卿从望仙门进入后，高耸入云的宫门慢慢开启了，文武百官、各国使臣一齐向天子朝拜。君王的雉尾宫扇上日影闪动，御炉中的香烟浮动在龙袍四周。早朝散后，贾舍人准备起草诏书，伴随着玉佩的叮当声走进了中书省。

唐代有"三大内"的说法，即西内太极宫、东内大明宫、南内兴庆宫。大明宫位于长安城北，自唐高宗起，唐朝的帝王们大都在这里居住和处理朝政。贞观八年（634），唐太宗在龙首原上修建大明宫，给父亲唐高祖李渊避暑。龙朔二年（662），患有风痹病的唐高宗李治离开了潮湿的太极宫，搬到大明宫养病。

含元殿是大明宫的前朝第一正殿，是皇帝举行庆典活动之所，也是长安城的标志性建筑。建福门外百官待漏院，是官员们上朝等候之处。大明宫北门玄武门，是宿卫禁军北衙所在地，也是宫廷内斗的高发地，唐太宗玄武门之变、玄宗平韦后、代宗除张后，都发生在这里。中晚唐宦官专权，北衙禁军与玄武门都落入宦官之手，朝政被搞得乌烟瘴气。

官员打卡　　每逢正月初一，朝廷都要举行盛大集会，皇帝接受群臣与外邦使者的朝贺。天还未亮时，整个大明宫旗帜高扬，灯火通明，参加朝贺的文武官员和番邦使者已经毕恭毕敬地等候在宫门外。蓬莱宫清晰的钟声与滴漏声传来，金吾卫引驾，北衙四军彩旗飘扬，雪白的甲胄、弓箭、刀盾仪仗队整齐排列。皇帝端坐在含元殿，穿着元旦礼服龙火衣，雉尾制成的仪仗扇从两侧遮住。吉时到了，仪仗扇缓缓打开，朝拜正式开始。太常卿引雅乐出场，鼓乐齐鸣，百官依次进入，向皇帝行礼。各项礼仪都要严格按照程序进行，稍有疏漏，出现错误，就会因"失仪"被罚。年过八十的老书法家柳公权，就因为年迈耳聋，听错了皇帝的尊号，被罚去了一个月的俸禄。

　　上早朝是唐朝官员的日常，除了隆重的大朝会与朔望朝会，还有每日的常朝，都在大明宫宣政殿外举行。早朝必然要早起，每天大概五点钟上朝，而官员们凌晨三点钟就要起床，在大明宫外等候点名。那些住址离宫城稍远的就更辛苦了。勤奋的杜甫在担任左拾遗时，兢兢业业完成工作，认真对待每次早朝。他的《春宿左省》记录了上朝前夜的心情："不寝听金钥，因风想玉珂。

明朝有封事，数问夜如何。"意即：整个夜晚我睡不着觉，激动不安地等着宫门开启的声音，只因明早上朝我有重要的事情要禀报。如此不辞辛劳，杜甫可称是唐代的"劳模"。

自由行

唐朝曾与三百多个国家有外事交往，长安城内设有鸿胪寺、典客署、礼宾院等机构，相当于外交部，负责接待外国宾客和少数民族使节。陕西乾县章怀太子李贤墓的壁画《客使图》，正记录了三位鸿胪寺官员接待外国使团的情景。三位外国使者毕恭毕敬地站着，为首的是来自东罗马的使节，他黑发蜷曲，高鼻深目，身穿翻领紫袍胡服。来自朝鲜半岛的新罗国使节站在中间，他的装扮很潮，头戴红色鸟羽冠，身穿宽袖红领白短袍，下穿大口裤、黄皮靴。第三位使者头戴翻耳皮帽，身穿圆领灰大氅，一看就是来自东北寒冷之地的靺鞨族人。他们竖起耳朵，凝神屏气，想从鸿胪寺官员的谈话里听到一些好消息。不过，他们大可放心，等待他们的必是丰厚的礼遇。唐王朝一向厚待外国来使，疏勒王裴纠留居长安，被封为鹰扬将军、天山郡公。于阗国王尉迟胜，与唐朝宗室女成婚，被授予右威卫将军、光禄卿，安史之乱中，他率领五千名士兵参与平叛，作战英勇，被唐肃宗嘉奖，晋升为骠骑大将军、武都郡王。

唐朝是一个世界性的国家，政府对待宗教的政策相当开明，皇帝甚至还曾为留在长安的外国人庆祝耶稣的生日。唐代宗每逢圣诞节时，都在大明宫宴请信奉景教的外国人，景教是最早来到中国的基督教。在灯火辉煌的宫殿里，唐代宗端起酒杯，真诚地祝福基督徒们圣诞节快乐，并赐给他们御制名香和糕饼，令基督徒们感激涕零。后来，这些客人中的首席代表、长安景教寺院大秦寺僧首景净，在唐德宗敕建的《大秦景教流行中国碑》中，满怀感恩之心地写下："代宗文武皇帝恢张圣运，从事无为，每于降诞之辰，锡天香以告成功，颁御馔以光景众。"

华清宫 ‖ 一骑红尘妃子笑

出门在外，要靠驿站

票根　　　　　　　　**过华清宫**

杜　牧

长安回望绣成堆，山顶千门次第开。

一骑红尘妃子笑，无人知是荔枝来。

说明　　　骊山在秦岭北侧，东对华山，西临长安，山
　　　　　　势远望似一匹骏马，群峰竞秀，云霞环绕，"骊
山晚照"正是"长安八景"之一。在开元、天宝年间（713—
756）留下浓墨重彩的一笔的华清宫，位于骊山。安史之
乱七八十年后，杜牧途经衰败不堪的华清宫，回想起唐
玄宗与杨贵妃的风流往事，写下此诗。遥想当年，从长
安回望骊山华清宫，巍峨宫阙、花草树木宛如一堆锦绣，
骊山上的宫门次第打开。远处，一匹卷起尘土的快马朝
着华清宫飞驰而来，宫里的贵妃收到荔枝后笑意盈盈，

百姓看到这风驰电掣般的驿马，还以为是重要军事情报传来了。

　　杨贵妃爱吃四川出产的鲜美荔枝，为博红颜一笑，玄宗下令将荔枝由远在千里之外的原产地日夜兼程运到长安，为此还在所经之处设置驿站。送荔枝的差人日夜飞奔，到驿站后立刻换马，如同一场全国接力赛。杨贵妃生日时，玄宗在骊山长生殿大摆宴席为之庆生，宫中的梨园有一个"小部音声"，一共三十个人，年龄都不到十五岁，从小学习歌舞和器乐演奏。小部音声的乐长演奏了一支新曲子，还没来得及取名字，恰逢南方进贡荔枝，贵妃就将这支曲子命名为《荔枝香》。安史之乱时，唐玄宗被迫赐死杨贵妃。谁料贵妃刚被缢死，进贡的荔枝又送到了，玄宗忍不住睹物思人、痛哭失声。张祜写诗感叹此事："旌旗不整奈君何，南去人稀北去多。尘土已残香粉艳，荔枝犹到马嵬坡。"

士子打卡　　唐代形成了以长安、洛阳为中心的交通网，驿骑来千里，天书下九衢，驿站正是交通网上的重要站点。唐代的驿站功能繁多，既是邮局，也是旅馆，这便是"馆驿合一"。朝廷的旨意通过驿路传达到全国各地，往来官员、士子在驿站休息，行走千里的人都不用带粮食。有些驿站规模很大，兴元府（治所在今陕西汉中市）附近的褒城驿（即今陕西勉县），号称"天下第一驿"。

在唐朝做官，升职加薪或炒鱿鱼都是常有的事，官员们或是被提拔到京城，或是被贬谪到蛮荒之地，沿途都要从各地驿站经过。驿站见证了无数人的宦海浮沉。长安外商於古道上有两大驿站：青云驿与棣华驿。青云驿寓意"平步青云"，棣华驿有思念亲友之意。诗人们都爱在驿站写诗，古代传播方式有限，不能像现代社会上网发帖，诗人们平常写诗或仅仅自赏，或书信寄给好友。而驿站南来北往的人多，观众也多，无疑是个推广作品的极佳地点。驿站墙壁就成了题诗专栏，在此留下一首诗，一传十，十传百，众口相传，名气和流量也就"噌噌"地上去了。

若是在墙壁上发现诗坛前辈的作品，不妨赶紧发诗跟帖，前排混脸熟。许多诗人来到驿站第一件事，就是在驿壁上寻找朋友的字迹。白居易来到蓝桥驿，寻觅到好友元稹的诗作，激动地写下："蓝桥春雪君归日，秦岭秋风我去时。每到驿亭先下马，循墙绕柱觅君诗。"

元稹在驿站看到白居易的诗，也兴奋地跟帖道："忽向破檐残漏处，见君诗在柱心题。"

自由行　　　说起杨贵妃的美，最惹人遐想的画面就是"贵妃出浴"了，如白居易《长恨歌》所写："春寒赐浴华清池，温泉水滑洗凝脂。侍儿扶起娇无力，始是新承恩泽时。"骊山脚下自古以来就有温泉，周秦汉唐历代帝王都在此建有离宫，以供沐浴休闲。古人认为温泉由天地阴阳二气变化而来，甘洌清澈，可用以治病、养生。唐玄宗将离宫扩建，命名为华清宫，每年农历十月，带着贵妃来华清宫"避寒"。杨贵妃的兄妹五家，每家一队扈从，各穿着一种颜色的衣服，五支队伍合在一起，如百花齐放。华清池有供唐玄宗沐浴的莲花汤，池内砌着莹白如玉的白石，雕饰着鱼龙、凫雁和莲花图案，泉水自莲花里喷出，注入池内。海棠汤专供杨贵妃沐浴，汤池的平面造型似一朵盛开的海棠花。相隔千年，似乎仍有绝代佳人的香泽芳气扑面而来。

华清宫全盛时，聚集了八方珍宝，玄宗甚至在此长住，处理朝政大事、接待外宾、举行国宴，都在华清宫。玄宗与贵妃在华清池度过了一段神仙眷侣、琴瑟和鸣的日子。玄宗最爱击羯鼓，他认为羯鼓是"八音之首"，在华清宫旁建有"羯鼓楼"，甚至为了练打鼓，打废了三四个柜子的鼓杖。岭南刺史献上一只通体雪白的鹦鹉，十分聪慧，能学人说话，成为贵妃的宠物，贵妃给它取名叫"雪衣女"。东绣岭上还有石瓮寺，王维为寺庙绘制壁画，"塑圣"杨惠之在寺内雕刻了一尊白玉佛像。可惜，眼看他起朱楼，眼看他宴宾客，眼看他楼塌了。安史之乱后，华清宫便荒废了。晚唐时，宦官鱼朝恩为取悦唐代宗，给太后祈福修建佛祠，为收集建筑材料，便拆毁了华清宫。华清宫的辉煌华美，与玄宗贵妃的浪漫秘史一同湮没在历史烟尘之中。

秦始皇陵 ‖ 到头徐福是男儿

秦王扫六合，虎视何雄哉

票根　　　　　　　　始　皇　陵

罗　隐

荒堆无草树无枝，懒向行人问昔时。

六国英雄漫多事，到头徐福是男儿。

说明　　　　始皇嬴政的陵墓在今陕西临潼东南骊山上。

秦始皇是第一个追求不死之药的封建帝王，方士徐福上书，称海上有三座仙山——蓬莱、方丈、瀛洲，上有仙人居住并有不死之药。秦始皇信以为真，亲自来到徐福的故乡，修建海上神路，幻想着能求得海上仙人的长生药。而徐福已趁机请求航海远渡，率童男童女各三千人，携大批财物，向东一去不复返了。秦始皇望眼欲穿，到死都没有等到徐福的长生药。据说徐福的船队到达了日本新宫市，传去了中国先进的文化与耕作技术，被日本人尊为"司农耕神"和"司药神"，至今，日本还留有徐福墓，新宫的市民给他建了一座纪念碑，还组织了"徐福会"。

秦始皇当然也做着两手准备，一边求仙，一边修墓。他刚即王位就开始在骊山营造陵墓，统一天下以后，又从全国各地征发七十余万人参与修陵工程，当时流传着一首歌谣："运石甘泉口，渭水为不流。千人歌，万人吼，运石堆积如山阜。"可见修陵工程的艰辛。陵墓内极尽奢华，与宫殿毫无差别，墓顶镶嵌着巨大的珍珠当作日月星辰，地面用水银汇成百川大海，漂浮着金银铸成的天鹅和大雁，从东海捕杀人鱼做成的长明灯经久不熄，照亮了整个地宫，墓内还布满了防止盗墓的机关弩矢。

官员打卡 　　唐代咏史怀古的风气很盛，诗人们大多热衷咏史，陈子昂、李白、杜甫、刘禹锡、杜牧、李商隐等都是写咏史诗的高手，甚至还出现了以写咏史怀古诗为专业的诗人，如汪遵、胡曾、周昙。唐代有着浓厚的史学氛围，刘知几的《史通》是第一部系统的史学理论著作，杜佑的《通典》是第一部记载历代典章制度及沿革的通史著作。唐以前多为私家修史，大规模的官修史书始于唐。历朝编撰的史书合称为"二十四史"，其中有八部都是在唐代修的，分别是《晋书》《梁书》《陈书》《北齐书》《周书》《隋书》《南史》《北史》，占了总数的三分之一。

史学要难于文学，而成为一名史学家，要具备才、学、识，因此自古以来文士多而史才少。唐代史官地位崇高，待遇优厚，参与修史在文人看来是极为荣耀的事。唐太宗时期，有个叫薛元超的高官说平生有三大恨事：一是不以进士擢第；二是没有娶五姓女；三是不得修国史。可见修国史在士子心中地位之高。

唐朝重视起居注与实录的修撰，实录专记皇帝统治时期的大事，起居注记录皇帝的言行举止，可以视为皇帝一生的聊天记录与截图。起居舍人负责记录起居注，在皇帝的各种公开活动中均随侍在侧，所有起居注都要送到史馆以备修史。然而，起居注不能被帝王看到。唐太宗曾用商量的口气与起居舍人褚遂良说："你每天都在起居注上记下什么内容呢，我能看看吗？"褚遂良一口拒绝："起居注记录皇帝的言论行事，无论好事坏事都要如实记录，好让后人引以为戒。皇帝如果能查看起居注，记录者为了顺从皇帝旨意，只挑好事记，就失去了秉笔直录的意义。"唐太宗只得打消了查看起居注的念头。

自由行　　　罗隐可谓是唐代流行金句的创造者，许多耳熟能详的诗句都是出自罗隐之手，比如"采得百花成蜜后，为谁辛苦为谁甜""若教解语应倾国，任是无情亦动人"。然而，才华非凡的罗隐从二十八岁就开始考进士，一直考到了五十五岁都没有被录取。这可能是因为他常在诗中讽刺权贵，得罪了不少人。黄巢的军队攻陷长安，唐僖宗逃往成都。一名姓孙的耍猴艺人让猴子模仿文武大臣的模样朝拜、行礼，唐僖宗哈哈大笑，下令赐给耍猴艺人四品官员的朱绂官服。罗隐写诗嘲弄道："十二三年就试期，五湖烟月奈相违。何如买取胡孙弄，一笑君王便著绯。"黄巢兵败自杀后，半死不活的唐王朝准备招贤纳士，有人推荐罗隐，朝臣却反对说："罗隐曾说，我用脚写的文章都比那些当官的强。如果把这种人召到朝廷来，我们岂不是都被他看作废物了。"

仕途失意，并不妨碍罗隐凭借才华收获了一大票粉丝。宰相郑畋的小女儿就是罗隐的忠实读者，郑姑娘经常一边诵读罗隐的诗，一边想象着心目中诗人的形象。郑畋邀请罗隐来到宰相府聊天，郑姑娘怀着激动的心情，偷偷躲在帘后，窥视倾慕已久的大才子，不想却大失所望，罗隐竟生得如此丑陋！自此以后，郑姑娘再也不读罗隐的诗文了。罗隐应举时曾路过钟陵县，与歌伎云英相识。十余年后，他再度落第经过钟陵，又与云英不期而遇。云英仍隶名乐籍，未脱风尘，也不复青春美貌。罗隐正为美人迟暮感伤，却听云英问道："怎么罗秀才还是布衣之身呢？"罗隐作诗自嘲道："我未成名君未嫁，可能俱是不如人。"科举与爱情都不如意，罗隐心态却很好，还作诗自遣道："得即高歌失即休，多愁多恨亦悠悠。今朝有酒今朝醉，明日愁来明日愁。"

从今天开始，我们就要暂时告别长安城，开始一段充满神秘与挑战的探险之旅了。从长安城西开远门出发，就踏上了寻访古丝绸之路的征程。此时，一支骆驼商旅正在城门外集合整装，有十几峰骆驼、三匹马、两只波斯犬，七八位商人里有中原人，也有高鼻蓝眸的粟特首领萨宝。骆驼背上满载着唐朝制造的华美丝绸，驼铃叮当作响，即将启程。快点加入他们的队伍吧！

葡 萄 美 酒 夜 光 杯 —— 丝 路 风 情

咸阳 ‖ 故国东来渭水流

西出长安第一站

票根　　　　　　**咸阳城西楼晚眺**

许　浑

一上高城万里愁，蒹葭杨柳似汀洲。

溪云初起日沉阁，山雨欲来风满楼。

鸟下绿芜秦苑夕，蝉鸣黄叶汉宫秋。

行人莫问当年事，故国东来渭水流。

说明　　　　从长安城出发，向西行二十多千米后，就来
到了丝绸之路的第一站——咸阳。咸阳在九
峻山之南、渭河之北，山水俱阳，故称"咸阳"。唐代
计划到西域远行的人们，必定要在咸阳短暂停留，商队
要在这里准备长途跋涉的行李与牲畜，亲朋好友则为远
行的人摆宴送别。

　　唐宣宗大中年间（847—860），许浑任监察御史。
他登上咸阳城楼眺望，大风吹过广袤原野上的蒹葭与杨

柳，傍晚从磻溪升起了云雾，夕阳已落到慈福寺阁之后。归巢的鸟儿落入秦朝的林苑中，秋天的寒蝉在汉朝故宫的黄叶树上悲鸣。诗人感喟道，我也只是一个过往的行人啊，不必去问历史旧事，古往今来只有渭水滔滔不息地东流。"山雨欲来风满楼"是全诗名句，形象地描绘出暴雨即将来临时的情景。许浑是晚唐颇具代表性的诗人，因所居近丁卯桥，人称"许丁卯"，他的诗歌风格被称为"丁卯体"。许浑写诗爱用"水"字，还喜欢描写雨景，当时人调笑他为"许浑千首湿"。

士子打卡

咸阳地处关中平原的腹地，进可攻，退可守，被山带河，金城千里，素有"陆海""天府"之称。咸阳是秦人的国都，从秦孝公到秦二世，咸阳作为秦之都城历时一百四十四年。秦始皇在统一天下时，每灭一国，就下令绘制该国宫殿图样，在咸阳重新修建。六国的宫阙与珍宝都聚集在咸阳，据说阿房宫关着来自六国的一万多名美女。杜牧在《阿房宫赋》里描绘道："明星荧荧，开妆镜也。绿云扰扰，梳晓鬟也。渭流涨腻，弃脂水也。烟斜雾横，焚椒兰也。"传说项羽背水一战进驻咸阳后，将万千宫阙都付之一炬，大火三月不灭，"五步一楼、十步一阁"的阿房宫也化作灰烬。然而，现代考古证明，阿房宫根本没有建成，项羽也没有烧毁阿房宫。

司马迁在《史记》里说："汉长安，秦咸阳也。"西汉都城长安是在秦咸阳遗址基础上建立起来的，是对秦都咸阳的继承。秦国迁都咸阳后，曾在渭河西岸修建上林苑，酷爱狩猎的汉武帝即位后，继续扩建上林苑，使之达方圆四百里。武帝在上林苑饲养了无数珍禽异兽，负责驯养的官宦奴婢就有三万多人。这里既有鹿、虎、熊、熊猫等本土动物，也有来自异国的狮子、鸵鸟、犀牛等。这些动物被安置在白鹿观、走马观、虎圈观、射熊观、鱼鸟观、犬台、狮子圈和彘圈。每到秋冬，汉武帝都要在上林苑中狩猎，去斗兽场观看武士与野兽搏斗。

汉武帝读到司马相如的《子虚赋》后赞叹不已："只恨不能与作者同时。"侍奉在侧的狗监杨得意禀道："陛下，这篇赋正是我的同乡司马相如所作。"汉武帝命杨得意立刻召司马相如进京。司马相如向武帝表示说："《子虚赋》所写只是诸侯打猎之事，算不了什么，请允许我再作一篇天子游猎赋。"这便是《上林赋》。"苞括宇宙，总览人物"的汉大赋，是最能体现汉王朝精神的文学样式。

自由行　　咸阳位于长安西北部，是通往西北的必经之路，长安与咸阳之间的渭水上有桥，名为渭桥，又称咸阳桥。长安咸阳间来往的行人必须经过此桥。尘埃满面的咸阳桥，见证了来往路上的人们无数离愁别绪。李白在京城失意后途经咸阳，悲吟道："客自长安来，还归长安去。狂风吹我心，西挂咸阳树。"咸阳在唐代诗人笔下，是京城长安的代名词，是远离京华、漂泊他乡的象征，多用来书写壮志难酬的悲情。

中唐时期，刘禹锡、柳宗元因参加王叔文领导的"永贞革新"，触犯了宦官与藩镇的利益，被唐宪宗外放至偏远之地。刘禹锡先被贬为连州刺史，两月后再贬朗州司马，他作诗嗟叹道："徒使词臣庾开府，咸阳终日苦思归。"元和九年（814），刘禹锡与柳宗元终于奉诏还京，但很快又遭到权贵打压。刘禹锡被贬到播州，即今贵州省遵义市。柳宗元被贬到柳州，即今广西柳州市。播州地处荒野，在当时属蛮荒之地，极不适宜居住。而刘禹锡上有八十老母，倘若让老人跟随他远赴播州，则恐有性命之忧。柳宗元哀叹道："此去播州路途艰辛，刘禹锡还有八十老母，体弱多病，怎能与他同去？"于是柳宗元上书朝廷请求道："我愿意代替刘禹锡去播州，若因此获罪，我也万死不辞！"此举令裴度等人大为感动，于是改派刘禹锡到境况稍好的连州任刺史。后来，柳宗元客死柳州任上，刘禹锡闻之恸哭数日，为他写下许多悼念的诗篇，并收养了柳宗元的儿子。刘禹锡还以余生精力，收集、整理柳宗元的诗文，筹资刊印。柳宗元的文集这才得以流传后世。

凉州 ‖ 葡萄美酒夜光杯

回到古凉州，饮一杯葡萄酒

票根　　　　　　凉　州　词

王　翰

葡萄美酒夜光杯，欲饮琵琶马上催。

醉卧沙场君莫笑，古来征战几人回。

说明　　　"凉州"是汉代以后的地名，指今甘肃武威
一带。汉武帝时，霍去病大破匈奴，为表大
汉军威，汉武帝在原匈奴领地置武威郡，隶属凉州刺史
部，因其地处西北，天气寒凉，故称"凉州"。"凉州词"
是乐府诗名，本为凉州一带的歌曲，唐代诗人多用此调
作诗，描写西北边塞的风光和战事。

王翰，字子羽，并州（今山西太原）人。他的性格
豪荡不羁，经常自比王侯，任侠纵酒，行为狂放。王翰
曾以驾部员外郎的身份前往西北前线，写下许多反映边
塞生活的诗篇，可惜大多散佚了。这一首《凉州词》，

足以使后世记住王翰的大名。它以悲凉不失豁达的笔触，淋漓尽致地展现了唐人乐观向上的精神风貌。在黄沙漫漫的边塞与金戈铁马的营地上，甘醇的葡萄酒注满了玉制夜光杯，战士们举杯畅饮时，马上琵琶声声催促。即使醉倒沙场，你们也不要见笑，自古征战又有几人能平安归乡。今朝倘若大醉一场，即使战死沙场又有何妨？

战场是残酷的，然而诗人眼中的战场是瑰丽而酣畅的，它是力与美的搏杀，是人类自然力量的汹涌展现，在与边塞少数民族的厮杀与融合中，一个全新的大唐王朝站了起来，成为引领时代的新风尚。葡萄酒流动的深紫与夜光杯璀璨的晶亮交织成一片瑰丽的色彩，在唐诗里熠熠闪光。

胡商打卡　　丝绸之路沿线是繁华的商业带和财富集散地，设置着专门控制商旅往来的关卡，以及提供食宿、草料的驿站，众多的客店和商铺。凉州是丝绸之路上的重镇，更是一座大唐的胡城，西域文化与中土文化在这里交融碰撞出炫目的火花。在西域各国流传着一个美丽的传说：在东方的古老国度里，出产一种世间罕有的珍宝，它比天上的云朵更加顺滑与柔软，它比仙界的云霞更为璀璨，它的名字叫作丝绸。为了寻找丝绸，无数西域商队餐风饮露来到大唐。当他们带着丝绸回到古罗马市场时，一切辛苦都得到了回报。丝绸的美丽令贵族为之疯狂，一两丝绸与一两黄金同价，商人们一夜暴富，家资巨万。

丝路使长安成了一座国际性的大都市。巨额的关税收入也让唐朝国库充盈、国力鼎盛，成为世界上最强大的帝国。长期定居于长安、洛阳的胡人不下十万。在令无数西域人魂牵梦萦的大唐街市上，陈列着令人眼花缭乱的奇珍异宝，有珍禽异兽、皮毛植物、香料首饰、金银珠宝。商人们渴望来到长安，追逐人间的财富与梦中的天堂。与此同时，西域文化也在中原迅速传播着，赢得长安人的热爱。西域的乐舞、绘画、服饰、饮食，都在长安城掀起了一波又一波时尚潮流，长安人喜爱看绚丽热烈的胡旋舞，喜爱听节奏强烈的觱篥曲，喜欢穿干练潇洒的胡服，喜欢吃口味独特的胡食。中西文化的交流使得唐王朝走向了中古社会的高峰。

自由行　　　如果你想寻找最适合饮酒的时代，那一定是唐代；如果你想去最适合饮酒的城市，那一定是长安。没有比唐代更开放宽广的时代，没有比长安更诗酒风流的城市。在这里，你在街市上遇见的烂醉如泥的酒鬼，可能就是一位鼎鼎大名的诗人，在他还未完全清醒时，大笔一挥，信口吟来，就是精彩绝伦的诗篇。

凉州自古盛产葡萄酒与夜光杯，葡萄酒是宴会上必不可少的琼浆，只有夜光杯才能映衬出葡萄酒琥珀般的色泽。丝绸之路的畅通使得葡萄酒与夜光杯成为中原人酒席间的常客。贞观十四年（640），唐军攻破高昌国，唐太宗从高昌国获得马乳葡萄种和葡萄酿酒法后，在皇宫御苑里大种葡萄，还亲自参与葡萄酒的酿制。长安城里饮葡萄酒遂成为潮流，熟悉葡萄酒酿造技艺的胡人纷纷入驻中原。长安西市及城东曲江聚集着胡人酒肆，弹着琵琶、跳着胡旋舞的美貌胡姬吸引着全城人的目光，葡萄酒的妩媚艳丽与胡姬的性感多情相得益彰，王翰、李白、白居易都是出入胡姬酒家的常客。半醒半醉间的微醺感令诗人才思如泉涌。春光荡漾时，不如在长安街头呼朋唤友："走！去胡姬酒肆饮酒去！"

祁连山 ‖ 莫遣只轮归海窟

名将辈出的时代

票根

塞 下 曲

李 益

伏波惟愿裹尸还，定远何须生入关。

莫遣只轮归海窟，仍留一箭射天山。

说明　　祁连山位于河西走廊南部，匈奴人称"天"

为祁连，祁连山顶终年积雪，又称雪山。因

为有山上流淌下来的雪水灌溉，水草丰美，匈奴人经常

来此放牧。霍去病率军夺回祁连山后，匈奴人失去了天

然牧场，悲伤地唱道："失我焉支山，令我妇女无颜色。

失我祁连山，使我六畜不蕃息。"

　　唐代的河西、陇右是关中的左臂。唐朝开国之时，

李渊父子因为有河陇地区的支援，才统一中国。李益的

童年在家乡陇西姑臧度过。在他八岁时，安史之乱爆发，

吐蕃开始大肆侵扰唐朝边境，李益被迫离开了家乡，饱

经战乱流离之苦，迫切期待名将出现，解救人民倒悬之苦。

这首《塞下曲》化用了历史上三位大将的故事。

东汉马援屡立战功，被封为伏波将军。他曾向朝廷上书："匈奴、乌桓还在侵扰北方边境，请朝廷派我去讨伐，男儿当战死在边疆，以马革裹尸还葬，怎么能躺在床上等死呢？"

"定远"指东汉名将班超。班超投笔从戎，平定西域少数民族贵族的叛乱，封定远侯，驻守西域三十一年。他年老时想回到故乡，上书皇帝说："我不敢奢望能够到酒泉郡，但愿生入玉门关。"

"一箭射天山"说的是唐初大将薛仁贵西征突厥。唐高宗时，薛仁贵任铁勒道行军总管，九姓突厥十余万军队入侵，薛仁贵带领数十骑领兵在天山迎击，与敌军狭路相逢。敌军欺他年少，派精兵数十人前来挑战，薛仁贵大喝道："看本将军的箭法！"一连射死两人，突厥人吓得不敢前进。薛仁贵故作射箭姿势，大笑道："第三箭，我要射那个大胡子。"敌骑中正有一个大胡子，听到这话吓得魂飞魄散，刚想逃走就被射落马下。薛仁贵率兵奋勇冲杀，大胜而归。军中奏唱凯歌："将军三箭定天山，战士长歌入汉关。"

将军打卡　　在古代，将军是一项高危职业，就算侥幸没死在战场上，也往往躲不过朝堂上的翻云覆雨、明枪暗箭。飞鸟尽，良弓藏；狡兔死，走狗烹。功臣与君主之间的关系十分微妙，能够功成名就、善始善终的将领可谓是少之又少，郭子仪无疑是最成功的一个。

郭子仪是武状元出身，安史之乱爆发后被任命为朔方节度使，率军从灵武东讨，渐渐扭转了唐军节节败退的局面。战乱平定后，郭子仪拜见皇帝，唐肃宗感慨地说："虽吾之家国，实由卿再造！"当厄运接二连三地向大唐袭来，郭子仪多次力挽狂澜，匡扶大厦。铁勒人仆固怀恩是平定安史之乱的重要将领，因受到宦官们的诬陷中伤，一怒之下引吐蕃、回纥和党项数十万军队入侵长安。郭子仪率兵守卫泾阳，回纥军兵临城下，郭子仪只带着数名骑兵，脱去盔甲，穿着布衣，来到阵前。回纥众将大惊，伏地请罪道："我们受到仆固怀恩的蒙蔽，以为郭令公已去世，才敢造反。"郭子仪以酒相待，订下盟约，一场危机因此化解。

郭子仪心系天下安危二十年，有再造大唐之功，却能权倾天下而朝廷不忌，功盖一代而君主不疑，历经七朝，家族昌盛，其人生智慧在于能忍与惧盈。宦官鱼朝恩嫉妒郭子仪受到的封赏，偷偷派人盗掘郭家祖坟，这在古代被视为奇耻大辱，皇帝与群臣都担心郭子仪发怒，郭子仪却平静地上书道："我常年带兵打仗，致使多少人死在战场，这次祖坟被掘，权当是受到天谴，赎还我的罪孽。"郭子仪从不居功自傲，始终谨小慎微。儿子郭暧与妻子升平公主吵架，郭暧骂道："你仗着父亲是皇帝吗？我父亲想当皇帝的话早就当了！"公主大怒，回宫向父皇唐代宗告状。郭子仪得知后惊恐万分，押着郭暧去请罪。代宗笑道："不痴不聋，不做家翁。小夫妻的口角何必认真。"这出"醉打金枝"不断被改编成戏剧或影视剧，也使得郭子仪成为家喻户晓、妇孺皆知的名人。

自由行　　历史上的李益有着两副面孔。他是唐代最后一位边塞诗人，引领着当时的诗坛风尚，新诗一出，乐工便千方百计高价索求，谱曲后唱给皇帝以求得宠信。根据李益诗意画的屏风也往往能卖个好价钱。然而，李益又是薄情负心汉的代名词，被后人唾骂千年，这主要是受蒋防的《霍小玉传》的影响。

在传奇故事里，霍小玉乃霍王之女，出身贵族，父亲早逝，生活无依无靠，才流落青楼。小玉才貌双全，色艺俱佳，艳名满长安。李益刚进士及第，也想寻觅一位红粉知己。小玉久慕李益才名，经常念诵李益的诗句"开帘风动竹，疑是故人来"。才子佳人，一见倾心，恩爱缠绵，立下白首终生的誓言。二载后，李益授郑县主簿，往洛阳探亲，才知道母亲已为他订下一门亲事。李益的表妹卢氏出身名门大族，又以百万聘财相予，李益受此诱惑，背叛了霍小玉，还带着新妇回到长安。可怜霍小玉日夜盼望，疾病缠身，长安士子与侠客听说后，都感动于小玉的多情，痛恨李益的薄情。一日，李益来到崇敬寺看牡丹，一名黄衫侠客激于义愤，劫持李益带到小玉面前。见到李益后，小玉只是含怒凝视，不复有言。霍小玉在临死之前发誓必为厉鬼，使李益终日不安。从此以后，李益心理作怪，整日对妻妾无端猜忌，为防止妻妾"红杏出墙"，他发明了变态的"散灰扃户"，即把房门反锁起来，门外撒上灰土，若有人进出就会留下明显的脚印。无辜的妻妾动辄得咎，甚至被赐休书。当时人便把疑妒妻子的痴疾起名为"李益疾"。

霍小玉的故事本出自虚构，唐代诬蔑之风盛行，为了打击政敌或仇人，编一段传奇进行人身攻击的事屡见不鲜。比如《补江总白猿传》影射著名书法家欧阳询，说他是白猿之子；《周秦行纪》虚构出一段艳遇，诬陷牛党领袖牛僧孺。《霍小玉传》也是早期牛李党争的产物，蒋防为了打击同朝为官的李益，以讹传讹敷衍成文，使后人难辨何为真实、何为虚构。后来官修正史《旧唐书·李益传》也采用了这些逸闻故事，使得历史上李益的形象愈发模糊不清。

敦煌 ‖ 美人红妆色正鲜

中西文化交融的大都会

票根　　　　　　**敦煌太守后庭歌**

岑　参

敦煌太守才且贤，郡中无事高枕眠。太守到来山出泉，
黄砂碛里人种田。敦煌耆旧鬓皓然，愿留太守更五年。
城头月出星满天，曲房置酒张锦筵。美人红妆色正鲜，
侧垂高髻插金钿。醉坐藏钩红烛前，不知钩在若个边。
为君手把珊瑚鞭，射得半段黄金钱，此中乐事亦已偏。

说明　　　从肃州（今甘肃酒泉）出发，沿着丝绸之路
　　　　　　一路向西，在河西走廊西部大片戈壁与沙漠
中有一块绿洲，这就是举世闻名的艺术宝库——敦煌。
从敦煌开始，丝绸之路分为南、北二线，南线出阳关沿
着塔里木盆地南缘西行，北线出玉门关沿塔里木盆地北
缘西行，南北两线在疏勒会合，向西远至波斯、大食。
南来北往的商队都要在敦煌会合。敦煌是中外交通的咽

葡萄美酒夜光杯——丝路风情

喉之地，外来文明通过敦煌传入中原，汉唐文化又经过敦煌传入西域。

敦煌位于丝路要冲，然而真正去过敦煌的唐代诗人很少，热爱远行的岑参是个幸运儿，他亲身领略过敦煌风光。在高仙芝幕府任职时，岑参途经敦煌，在敦煌郡太守府后院中，一场歌舞宴会正在进行着。现任的敦煌太守善于理政，他从雪山引来泉水灌溉田地，郡中百姓安居乐业。唐代官员任期最长是五年，敦煌的人民却希望太守不要调任。太守的府邸里一片歌舞升平，侍宴的美人红妆高髻，十分美艳，宾客们一边喝酒行令，一边在红烛下玩着藏钩的游戏，猜谜的人手里拿着装饰红珊瑚的马鞭，巧妙地猜中了钩子藏在谁的手里。敦煌的安定繁荣有赖于唐朝的强盛，丝绸之路的畅通使得西域丰富的物资源源不断地输送到长安。

画师打卡　　唐代山水画名家辈出，如王维、李思训、李昭道、吴道子、朱审、韦偃、张藻等。唐人的生活一时一刻也离不开绘画，宫殿、庙宇、县衙、厅堂或坟墓里都可以发现精美的壁画，可惜由于战乱，这些壁画大多数难以保存，只有敦煌石窟的壁画幸而留存至今。处于丝路要冲的敦煌，是西域诸国佛教文化的中心，长安、洛阳寺院的佛教经变画风格也传到了敦煌，并在这里定格、留存至今。"经变画"就是用画像来解释某部佛经的思想内容。壁画是敦煌的符号，反弹琵琶的飞天、慈眉善目的佛祖、奇装异服的商贾，勾勒出唐代人对极乐世界的想象与向往，那么，创造出这些绝妙壁画的人都是谁呢？

开元年间（713—741）长安城一座寺庙里，一名画师正在墙壁上作画，四周围观的人群不时发出赞叹声。这名画师技艺高超，效仿当时最著名的画家吴道子的画法，人物衣带当风，飘逸而不失细腻。寺庙的住持很满意，付给画师不菲的报酬。然而当晚回到家里，画师却喝了一顿闷酒。最近他十分苦恼，他的绘画技艺虽也不差，却总难进入宫廷担任供奉，为了生计模仿吴道子的画风也不是内心所愿。恰好他听到左邻右舍在谈论，说一支粟特商队准备从长安出发前往敦煌，神秘的西域风光吸引了画师向往远方的心，他毅然抛下长安的安稳生活，跟随商队远赴敦煌，凭借他的画艺，说不定能在敦煌一展才华。果然，敦煌正在修建佛窟，画师的作品大受欢迎，他成为壁画的负责人之一。在他的策划下，庄严肃穆的菩萨，灵动妩媚的飞天，西方佛国的珍禽异兽、奇花异草，在一面面墙壁上栩栩如生地展开，金碧辉煌，气韵生动。

千年的风沙没有减损壁画的美丽，当敦煌石室再次被打开，世人无不惊艳于壁画的艺术魅力，这位在史书上没能留下名字的画师，却在敦煌壁画中获得了永生。

自由行　　　唐代最有经商头脑的要数粟特人。粟特人又称"昭武九姓"或"九姓胡"，他们曾在中亚建立了康、安、曹、石、史、米等九个绿洲王国。由于唐代开放的对外政策，粟特人可以在长安居住、经商、通婚，如鱼得水。一支粟特商队有着严格的组织纪律，首领称为"萨宝"，依靠着能够长途跋涉的骆驼，他们的足迹遍及西亚、中亚、天山南北、河西走廊直至长安、洛阳和江南。敦煌更是粟特人的天下，他们垄断了敦煌的贸易市场，管理市场的都是粟特人，他们十分聪明，精通多个国家的语言，且精于算计。敦煌街道上到处是粟特人开设的酒店，他们能制造出麦酒、粟酒、粟麦酒、清酒、葡萄酒、胡酒，甚至还有高浓度的白酒。

粟特人不仅能在长安定居，甚至还能担任官职。臭名昭著的安禄山就是突厥人和粟特人的混血，属于"杂种胡"，他在粟特部落长大，具有粟特人的特点，精明能干，能歌善舞，会当翻译。他最初在市集上给商人议价，从军后受到唐玄宗的喜爱，一步步高升至节度使。名将哥舒翰也是突厥人，不同于安禄山的贫贱出身，哥舒翰出身豪门，父亲哥舒道元官至唐朝安西副都护，母亲尉迟氏是于阗国的王族。哥舒翰爱读《左传》《汉书》，完全是汉化的胡人，很厌恶安禄山的粗鄙。唐玄宗让高力士设宴招待他们，希望化解这两个将领的矛盾。在宴席上，安禄山主动讨好哥舒翰道："我的父亲是胡人，母亲是突厥人。您的父亲是突厥人，母亲是胡人。咱们差不多是同个种族，为啥不能相亲相爱呢？"哥舒翰却对安禄山的示好嗤之以鼻，不屑理会，气得安禄山哇哇大叫。

阳关 ‖ 劝君更尽一杯酒

中原与西域的分界线

票根　　　　　　　送元二使安西

王　维

渭城朝雨浥轻尘，客舍青青柳色新。

劝君更尽一杯酒，西出阳关无故人。

说明　　　阳关和玉门关是汉武帝为巩固边疆建立的两

座关隘，它们一南一北，扼守着丝绸之路从

敦煌以西分岔的两条要道。阳关，在今甘肃敦煌的西南，

是中原与西域的分界、出塞的必经之路，也是丝绸之路

南道关卡。古人以山南为阳，阳关因位于玉门关以南而

得名。高僧玄奘从印度取经回来，就是东入阳关返回长

安的。

　　元二奉命前往安西都护府，安西的治所是龟兹城，

在今新疆库车。从长安渡过渭水后天色已晚，行人都要

在客店留宿一晚。王维在渭城为好友送行，初春雨后，

空气湿润，驿站外的杨柳吐露着清新的绿意。王维劝慰元二道："请你再饮一杯美酒吧，往西走出阳关，就再也遇不到我这样的老朋友了。"王维此诗说尽了离别之人的心声。古代交通与通信都不方便，一别可能就是一生，因此古人格外看重送别的仪式感。除了设宴饯行，还有"折柳"的习俗。古人认为"柳"与"留"谐音，送别时折柳枝相送，以示惜别之意。唐代著名的送别之地往往遍植柳树，如灞水、渭水，至今依然是柳树成荫。

乐人打卡　　　　唐诗起初都是可以歌唱的，称为"声诗"，王维这首诗在当时就被广为传唱，是送行宴席上的必点金曲，又名《渭城曲》或《阳关曲》，也是唐大曲《伊州》中的一个唱段。如白居易《对酒》："相逢且莫推辞醉，听唱阳关第四声。"著名音乐家李龟年的弟弟李鹤年，很擅长歌唱《渭城曲》。王维曾偶然在路旁听到有人唱他这首诗，曲调凄凉悲伤，不由得为之落泪。

后世琴人对《渭城曲》加以改编，采用一边弹琴一边歌唱的形式，使其成为一首优美动听、撩人心弦的琴曲——《阳关三叠》。全曲将原诗反复歌唱了三遍，故

葡萄美酒夜光杯——丝路风情

称为"三叠"。唐诗唱法大多已经失传了，而这首《阳关三叠》词曲俱全，还通过琴谱流传至今，各个古琴流派的琴谱唱词均以王维的这首诗为主，增添词句加以改编，使之成为中国音乐史上传唱最广的古曲。

自由行　　　　如果要评选唐代最全能的诗人和最理想的丈夫，王维绝对名列前茅。王维年轻时就是个高才生，丰神俊朗，姿态潇洒，还是个艺术全才。论绘画，王维是南宗画派之祖，他的《雪溪图》以破墨法描绘山水云石，后世文人之画皆自王维始；论音乐，王维二十一岁起就担任朝廷主管音乐的"太乐丞"，是音乐界的首席专家，连李龟年每次制曲后都要先请王维指正。

唐人薛用弱的笔记《集异记》里记载了王维的一则趣事。唐代科举考试前，士子们都会去拜会权贵或文坛领袖，呈上诗文作品，称之为"行卷"。唐玄宗的亲妹妹玉真公主自请出宫修道，在士林间仍发挥着巨大影响力。有一年科举考试前，玉真公主打算举荐张九龄的弟弟张九皋为第一名。岐王李范认为王维的才华远在张九皋之上，很为王维抱不平。在玉真公主的家宴上，岐王把王维装扮成乐工的模样，让王维用琵琶弹奏了原创曲《郁轮袍》，满座宾客都听得如痴如醉。玉真公主惊问此是何方高人，岐王说："您平日还经常念诵他的诗句呢，他就是王维。"王维呈上诗歌与画作，玉真公主惊喜地称赞道："王维当真是诗、画、乐三绝。"当年的科举考试，王维一举夺魁。玉真公主的举荐固然重要，王维自身的出众实力更是决定性因素。

玉门关 ‖ 孤城遥望玉门关

通往神秘西域的门户

票根
凉 州 词
王之涣

黄河远上白云间，一片孤城万仞山。

羌笛何须怨杨柳，春风不度玉门关。

说明　　玉门关，俗称小方盘城。传说一支商队路过小方盘城时迷路了，一只孤雁将商队带出迷途。商队头领在孤雁的指引下，在小方盘城上镶一块夜光绿玉石作为指示灯，从此，往来商队就有了方向，小方盘城亦更名为玉门关。其实在历史上，中原的茶叶和丝绸由此进入西域，西域的玉石由此输入中原，小方盘城因此得名"玉门关"。玉门关是通往西域各国的门户，在古人看来，走出玉门关，才是真正的远离中土。

　　王之涣慷慨有大略，倜傥有异才，他经常弹剑高歌，颇有侠客气质。被人诽谤后，他索性拂衣辞官。之后的十五年间，他沿黄河两岸漫游数千里，去过玉门关、蓟县等边地。王之涣长年在边塞生活，故能深刻地体会到守边将士的思乡之情。此诗的诗意为：滚滚黄河奔腾而去，万重高山环绕着一座孤城，何必用羌笛吹奏起凄凉哀怨的《折杨柳》呢？温暖的春风从不会吹拂到这荒无人烟的边塞。"春风"句一语双关，既是指玉门关以西长年荒寒、寸草不生，亦是讽刺统治者穷兵黩武，不顾及守边将士的辛苦。这首《凉州词》在唐代就红极一时，从白发老人到学字儿童皆能吟诵。

乐人打卡 唐代有着开放而进取的文化精神，能够广泛吸收外来文化。胡风在唐代社会引领着时尚潮流，贵族们争相模仿胡人装束，学习胡人的生活习俗。搭帐篷曾在长安风靡一时，诗人白居易就曾在庭院里搭了两顶天蓝色的帐篷，并得意扬扬地向宾客夸耀帐篷的好处。唐太宗的长子太子李承乾是个狂热的胡风爱好者，他在皇宫的空地上搭了一顶帐篷，亲自动手烤羊肉，用刀子割着吃，居然还梦想着去草原上做一名部族首领，惹得唐太宗非常生气。

胡乐也以强劲的势头进入中原，羯鼓、羌笛、胡琴、箜篌、觱篥等为代表的北方游牧民族乐器以其明快动人的旋律，成为长安人民的新宠。中国传统的清商乐较为和缓淡雅，胡乐则节奏强烈，更适合宴会娱乐与歌舞表演，其丰富多变的曲调色彩满足了唐人的感官享受，唤醒了深藏于潜意识中对开放之美、自然之美的追求。

竖吹之笛在中国由来已久，横吹之笛则由西域传入，因出自羌族，又称"羌笛"。羌笛名曲有《梅花落》《关山月》《折杨柳》。用羌笛伴奏的《凉州曲》，本源自龟兹乐，唐玄宗开元六年（718），由西凉府都督郭知运进献，传入中原后很快流行开来，诗人们也开始依谱作《凉州词》，主要描写边关之人对故乡的思念，风格激越悲苦。出身于西域米国的著名歌唱家米嘉荣就很擅长唱《凉州曲》。唐代有很多米嘉荣这样的胡人音乐家，他们身材魁梧高大，大胡子深眼窝，歌声响亮高亢，直入云霄，气息浑厚，深受长安人的追捧。

自由行　　　　开元年间（713—741）的一个冬天，下着小雪，王昌龄、高适、王之涣相约来到旗亭，饮酒聊天。正好碰到有梨园子弟来排练演唱，三位诗人有心比试一下谁的诗歌被传唱得最多，便悄悄待在角落偷听。只听一名歌姬拊节唱道："寒雨连江夜入吴，平明送客楚山孤。洛阳亲友如相问，一片冰心在玉壶。"王昌龄在墙上做了个记号，说："这是我的《芙蓉楼送辛渐》。"又一名歌姬唱道："开箧泪沾臆，见君前日书。夜台今寂寞，犹是子云居。"高适在墙上标记，道："这是我的《哭单父梁九少府》。"第三名歌姬唱道："奉帚平明金殿开，暂将团扇共徘徊。玉颜不及寒鸦色，犹带昭阳日影来。"王昌龄高兴地说："这又是我的诗，《长信秋词》。"

迟迟没有歌女唱王之涣的诗歌，王之涣却也不急不躁，气定神闲地说："这些皆是庸脂俗粉，唱一些下里巴人的曲子，岂能识得阳春白雪。"他悄悄指着歌姬中梳着双鬟、才貌最佳的一位说："听听这位姑娘唱的是什么，如果不是我的诗，我终生也不敢和你们一争高下啦！如果唱的是我的诗，你们就要拜倒在我的脚下，奉我为师。"伴随着清亮的筝笛声，最后一位歌姬悠然唱道："黄河远上白云间，一片孤城万仞山。羌笛何须怨杨柳，春风不度玉门关。"王之涣拍掌道："田舍奴，我的话不错吧！"高适与王昌龄也开怀大笑。众歌姬听闻原来是三位大名鼎鼎的诗人，都十分崇拜，邀请他们一道饮酒作乐，欢宴至晚。

伊州 ‖ 荡子从戎十载余

沙漠中的绿洲

票根　　　　　　　　伊　州　歌

王　维

清风明月苦相思，荡子从戎十载余。

征人去日殷勤嘱，归雁来时数附书。

说明　　　　出玉门关继续往西，是一片荒无人烟的沙漠，
　　　　　　　唐代人称它为"莫贺延碛"。贞观元年（627），
高僧玄奘独自踏上了西行的征程。他从长安出发，度过
玉门关的关卡，跨过疏勒河、烽火台和绵延的莫贺延碛。
在八百里的大漠上，玄奘疲惫不堪，不小心将装水的大
皮囊打翻，一连四五天没有喝到水，昏倒在戈壁滩上。
幸好有凉风唤醒了他，通人性的老马嗅到了水源的气息，
驮着他一路飞奔，终于找到了泉源所在，这片绿洲就是
哈密，也是唐代的伊州。

　　伊州是唐代边关重地，它与西域诸邦比邻，唐王朝

一直派遣重兵把守。王维此诗正是抒写戍边将士对故乡的思念。诗意为：在风清月明的夜晚，思念亲人是多么痛苦啊！自从我离家守边，已经十多年了。还记得当年分离之时，家人一遍遍嘱咐我，在大雁南飞时多捎来些平安家信吧！无数征人的心声在诗人笔下得到真实生动的反映。王维这首《伊州歌》经由梨园制曲，广为流传，李龟年晚年流落到江南，还经常在宴席上唱起这首歌。

士子打卡　　　天山南北在很长一段时间里是突厥人的领地，唐太宗贞观元年（627），唐朝军队消灭了依附突厥的西域高昌国，焉耆、龟兹、疏勒、于阗被唐朝赫赫国势震慑，臣服于唐，唐朝设置安西都护府，统辖安西四镇，管理天山南路。武则天当朝时，下令设置北庭都护府，管辖天山北路，从此将天山南北的广袤土地都纳入了唐王朝的疆域。西域独特的风土人情吸引着中原人，他们渴望走向西域，唐代成熟的幕府制度给文人创造了出塞入幕的便捷条件，在这样的环境下，最能体现盛唐气象的边塞诗派应运而生了。

　　岑参作为唐代著名边塞诗人，曾两次抵达西域。第一次是在唐玄宗天宝八载（749），安西节度使高仙芝入朝时，岑参被任命为右威卫录事参军，担任节度使幕府掌书记，随大军奔赴安西。天宝十三载（754），安西节度使封常清入朝，岑参在封常清幕府中担任节度判官，穿越了玉门关与伊州间的茫茫戈壁莫贺延碛，来到安西。岑参好奇地打量着眼前的异域风光。"忽如一夜春风来，千树万树梨花开"，在他的笔下，胡地的冬天来得格外早，雪景壮丽，堪称天地奇观。"轮台九月风夜吼，一川碎石大如斗"，西域的大风猛烈而直率，如直入咽喉的烈酒。"中军置酒饮归客，胡琴琵琶与羌笛"，边塞的音乐粗犷而有力，不似京城软红尘的靡靡之音让人昏昏欲睡。历代边塞诗数不胜数，只有岑参笔下的边塞如此充溢着原始生命力。

自由行　　雪山皑皑的天山西北，曾经是古老的龟兹国的领土。龟兹王与他的臣民们都很喜爱音乐，龟兹乐多用鼓来伴奏，如羯鼓、腰鼓、揩鼓、鸡娄鼓、毂鼓，节奏鲜明轻快，其中有一首《伊州曲》，它优美的曲调越过重重雪山，飘到了遥远的大唐。伊州北庭镇边将军盖嘉运将它进献给喜爱音乐的玄宗皇帝。这种西域风格的歌舞深受唐人的喜爱，宫中教坊艺人经常排练《伊州曲》。如温庭筠《弹筝人》所写："天宝年中事玉皇，曾将新曲教宁王。钿蝉金雁今零落，一曲伊州泪万行。"

此时此刻，在平康里一家酒馆，大曲《伊州》即将上演，酒馆大厅里铺着西域出产的华美地毯，满座宾客兴趣盎然地等待着演出，四名舞女、八名乐人准备就绪。乐人们分别手持拍板、腰鼓、大鼓、铜钹、琵琶、横笛、鸡娄鼓、笙。开场是"排遍"，随着一声铜钹，乐曲响起，节拍舒缓怡人，舞女的姿态也是娴雅轻柔。忽而，琵琶弦拨，四弦一声如裂帛，乐曲转至"入破"，节奏变为快板，急管繁弦的丝竹伴随着骤雨滚雷般的鼓声。歌者声音高亢，直入云霄；舞者步伐加快，队形变换，开始快速旋转，宛如流风回雪，如白居易《胡旋女》所描写："胡旋女，胡旋女。心应弦，手应鼓。弦鼓一声双袖举。回雪飘飖转蓬舞。"舞袖翻飞间，观者陶醉沉迷，忘乎所以，手中拿着的水果滚落于地也不知晓。一名舞女踏着节拍来到一位男宾座前，行礼邀舞，按照唐代邀舞的程序，被邀舞者本应立即起身对舞一阵，可这位男宾被精彩的表演吸引了全部注意力，竟忘记接受邀舞，呆若木鸡地坐着，引得观众哈哈大笑。

阴山 ‖ 不教胡马度阴山

"风吹草低见牛羊"的天然边塞

票根　　　　　　**出　塞**

王昌龄

秦时明月汉时关，万里长征人未还。

但使龙城飞将在，不教胡马度阴山。

说明　　　　阴山脚下是一片天然好牧场，那里草原广阔，牛羊肥壮，是游牧民族放牧居住的地方。如《敕勒歌》所唱："敕勒川，阴山下，天似穹庐，笼盖四野。天苍苍，野茫茫。风吹草低见牛羊。"它的作者是北齐时的一位无名诗人，用鲜卑语演唱，曲调慷慨悲凉，常用于在战场上激励将士。

阴山是汉唐时期著名的边塞要地，开元十五年（727）前后，被誉为"诗家夫子""七绝圣手"的王昌龄入西北边塞从军，亲自奔赴河西、陇右、青海等地，亲身经历过许多著名战役。这段军旅生活使他写出诸多边塞诗佳作，最著名的当属这首《出塞》。诗人感叹道：如今眼前的关塞与头顶的明月依然是秦汉时的故物。跋涉万里戍守边疆的将士们，长年不能回到故乡。如果有像飞将军李广那样的名将来守卫边塞，绝不会再让胡人的骑兵度过阴山入侵中原。

将军打卡　　大唐是名将辈出的时代，如唐太宗时期的李靖、李勣、阿史那社尔，唐玄宗时的郭子仪、李光弼、仆固怀恩，以及中唐以后的李晟、韦皋、李愬，都是曾使胡人闻风丧胆的赫赫战将。朝廷规定文人中举入仕后要被外派到边地幕府去锻炼，唐朝的众多大臣都是通过入幕府的方式走上仕途的。没有考中进士的人，也往往选择去幕府参军来进入仕途。许多文人都怀着"愿将腰下剑，直为斩楼兰"的抱负，奔赴边塞。他们或运筹帷幄，为战斗出谋划策；或用诗笔歌颂将士的壮志豪情。名臣温彦博曾在战斗中被突厥俘虏，突厥知道他是唐帝近臣，想从他口中探知大唐兵力，彦博誓死不泄密，被突厥囚禁于阴山苦寒之地。

唐朝初立国时，边塞很不安定，连年战事不断。阴山对于唐朝人来说有着特殊的意义，它是保护中原地区的天然屏障。为了争夺对阴山的控制权，大唐与生活在阴山地区的突厥、铁勒、回纥爆发过数十次战争。唐太宗贞观四年（630），一场大战就在阴山展开，李靖、李勣奉命迎战突厥，李靖夜袭定襄，取得大捷。李勣又在白川道大胜突厥，而后二人合力追击突厥至阴山北，解除了北方边患。唐太宗李世民写下《饮马长城窟行》庆贺大唐的胜利："悠悠卷旆旌，饮马出长城。寒沙连骑迹，朔吹断边声。"将士们的英勇作战换来了边塞的安定与中土的和平，为大唐盛世打下了坚实的基础。

自由行　　王昌龄为人豪迈爽朗，却因放浪形骸，不拘小节，屡遭贬谪。有一次，王昌龄被贬途中经过湖北襄阳，与孟浩然相见，孟浩然亦是不羁世俗之人，与王昌龄惺惺相惜。好友相遇不禁欣喜万分，孟浩然大摆筵席为王昌龄洗尘，饮酒吃鲈鱼，全然不顾背疾未愈，竟致毒疮复发，因此丧命。

任侠使气的诗仙李白也与王昌龄极为投缘，两人性情相近，脾气相投。他们在巴陵相遇时，欢言数日，尽兴而别。临别时，王昌龄写下一首《巴陵送李十二》："摇曳巴陵洲渚分，清江传语便风闻。山长不见秋城色，日暮兼葭空水云。"后来王昌龄被贬到龙标，身在扬州的李白听闻此事，对好友十分牵念，写下《闻王昌龄左迁龙标遥有此寄》："杨花落尽子规啼，闻道龙标过五溪。我寄愁心与明月，随风直到夜郎西。"

安史之乱时，王昌龄回家途中经过亳州，遭到刺史闾丘晓妒忌，竟被残忍杀害。安史之乱平定后，大将张镐要处死贻误军机的闾丘晓，其连连求饶："我上有高堂老母，请给我留一条活路吧。"张镐呵斥道："王昌龄的双亲又有谁来奉养呢？"闾丘晓登时语塞，只得服罪。张镐杖杀闾丘晓，算是给王昌龄报了仇。

唐代人的生活丰富多彩，西域文明的流行使得长安城充满了热情奔放的情调。唐诗是一种生活方式，琴棋书画，歌舞酒茶，慵懒的唐妆，逍遥的游侠，永远鲜活生动、溢彩流霞。快去唐诗里的长安体验别样的人生乐趣吧！

一 日 看 尽 长 安 花 —— 多 元 生 活

游侠 ‖ 咸阳游侠多少年

唐朝人的侠客江湖

票根

少年行四首·其一

王 维

新丰美酒斗十千，咸阳游侠多少年。

相逢意气为君饮，系马高楼垂柳边。

说明　　这首《少年行》以乐府古题写长安少年游侠的生活。新丰出产美酒，一斗价值十千钱。按照唐代的市场价，每斗酒均价三百，十千是一万枚铜钱，一万枚铜钱买一斗酒，必然是极品佳酿，也说明能饮此酒的少年必然是权贵人家之子。游侠少年们在酒肆偶然相遇，相言甚欢，举杯畅饮，骑来的骏马就随意系在酒楼旁垂柳边。此时的王维正值英气勃发的青年时期，他对少年侠士的赞誉也是对盛唐精神的讴歌。

　　热情开放的时代激发了人们心底埋藏的侠义梦，唐代是一个侠士辈出的时代，长安更是侠客荟萃之地。西汉五个皇帝陵墓所在地长陵、安陵、阳陵、茂陵、平陵五陵，是游侠聚集地，"五陵少年"也成为唐诗歌咏的对象。游侠精神说到底也是一种少年精神，游侠少年构成了盛唐任侠风气的中坚，他们意气相尚、纵情优游、标榜自我、鄙视礼法。少年侠客们一诺千金、除暴安良，行侠之前，他们探丸为凭，手中的黑、白、红三色弹丸分别寓示着不同的刺杀任务。手执宝剑银枪，背负明月弓，骑着佩戴黄金络头的骏马，急驰于通衢广陌，令邪恶权佞闻风丧胆。

游侠打卡　　中国人自古有尚侠的传统，司马迁《史记·游侠列传》记载了先秦到汉代许多侠士的光辉事迹，豫让为报答知遇之恩吞炭刺身，荆轲刺秦，渐离击筑，"风萧萧兮易水寒，壮士一去兮不复还"。千载之下，这些故事依然令人热血沸腾。

　　翻开唐代传奇故事，宛如置身于一个快意恩仇的江湖。唐代侠风盛行的原因有很多。首先，唐代帝王崇尚侠义，经常结交豪侠。侠客们任气果敢、挥金如土，是光荣与高尚的象征，受到唐代社会各阶层的追捧。其次，唐代人追求个性的张扬与自由，有着"天生我材必有用"

的强烈自信心，多民族的交融碰撞也给唐代社会注入了新的生命力，在长安街头可以遇见各个民族、各个国家的人，有突厥、铁勒、契丹、高丽、乌罗护、吐蕃、吐谷浑、党项、天竺……胡人威猛的形象与高强的武艺，北方游牧民族的骑射与游猎习气，都刺激着唐代人的精神世界，尚武好勇成为社会潮流。

唐代诗人中就有不少游侠，李白是最著名的一位。李白出身蜀中富商之家，十五岁就精通剑术，自称"少任侠，手刃数人"。他曾携巨款出蜀漫游，只要碰到落魄之士，必然慷慨周济。不到一年散金三十余万，他却毫不在意地说："千金散尽还复来。"李白更是一个重情义、守信誉的人。李白年轻时和朋友漫游，朋友中途病死，他信守诺言，不远千里将友人的尸骨送回故乡。李白对国事也非常热心，渴望效仿东晋名相谢安，谈笑间平定天下。作为侠士，他必然好酒，金陵酒肆、胡姬酒肆是他经常呼朋唤友之处，喝至尽兴时，不妨拿五花马、千金裘来换美酒。可以说，李白的精神就是盛唐的精神，他是时代的弄潮儿，是翱翔的大鹏鸟，即使仕途失意，人生也是豪放自由的。

自由行　　　　中晚唐的侠客不仅在江湖上掀起风波，一举一动也关涉着政治风云，他们游走于藩镇与朝廷之间，以莫测高深的武力威慑朝廷，动摇藩镇。其中不乏女侠客，如聂隐娘与薛红线的故事就十分具有传奇性。

在袁郊的唐传奇《红线》里，薛红线是潞州节度使薛嵩的侍女，她不仅擅长弹阮，多才多艺，武功也十分高强，有飞檐走壁之术。魏博节度使田承嗣兵强马壮，对薛嵩的潞州虎视眈眈，他招募了三千勇士，号称"外宅男"，随时准备占领潞州。薛嵩听说后，日夜惊慌，又不知怎么应对。红线说："此乃区区小事，我先去田承嗣那边观望一下形势，今夜一更出发，三更就可以回来复命。您只需要准备一匹快马和一封书信，等我回来便可。"薛嵩大惊道："魏博距潞州数百里，就算能一夜之间来回，田承嗣府邸有三千外宅男把守，定难潜入。就怕事不成反遭其祸。"红线说："请放心，只要我出手，没有做不成的事。"红线回到闺房，穿上紫绣短袍，系着青丝轻履，佩戴龙文匕首，身影一闪，倏忽不见，可知是极为擅长轻功的侠士。

薛嵩等到三更时，忽听窗外一阵风声，果然是红线回来了。她说："我已经把书信放到田承嗣府上，并取回田承嗣床头的金盒作为信物。"薛嵩大喜道："这金盒是田承嗣的宝物，你是怎么取到的？"红线道："我施展轻功飞去田承嗣的内宅，从阁窗潜入，田承嗣正在大睡，枕前有一把七星宝剑，剑上压着一方金盒，想必是田承嗣的心爱之物，便取来交给您。"薛嵩这时又遣人给田承嗣送信说："昨夜我的一名侠客从田元帅的床头拿到一方金盒，我如今再交还回去。"信送到时，正赶上田府上下在大张旗鼓搜找金盒，田承嗣见到薛嵩送来的书信和金盒，大为惊惧："我聚集了天下无敌的三千勇士，竟不敌薛嵩门下的一名侠客，我还是取消攻打薛嵩的计划吧。"

红线以过人的胆识盗得金盒，震慑藩镇，避免了战争的爆发，保全了数万人的生命。然而，危局解除后，红线便翩然辞行，薛嵩苦留不住，只得置酒饯行，席间，一名叫冷朝阳的门客唱歌道："采菱歌怨木兰舟，送客魂销百尺楼。还似洛妃乘雾去，碧天无际水空流。"歌曲唱毕，薛嵩十分悲伤，红线上前再拜，告辞而去，从此浪迹江湖，不知所踪。

科举 ‖ 一日看尽长安花

科举中的人生百态

票根

登 科 后

孟 郊

昔日龌龊不足夸，今朝放荡思无涯。

春风得意马蹄疾，一日看尽长安花。

说明　　　唐代以前，文人入仕的途径不多，参政机会
　　　　　很少。唐代科举制度打破了贵族世袭，使得
平民子弟有机会追求功名。唐代科举考试设有明经、进
士、明法、明算等科，明经科较为容易，进士科最难及第，
当时有"三十老明经，五十少进士"之说。

　　孟郊一生遭遇困窘，诗多寒苦之音，与贾岛齐名，有
"郊寒岛瘦"之称。唐贞元十二年（796），已经四十六
岁的孟郊第三次赴京赶考，终于登进士第。古人认为人
生有四件乐事：久旱逢甘霖，他乡遇故知，洞房花烛夜，
金榜题名时。放榜之日，孟郊喜不自胜，当即写下了生

平第一快诗《登科后》。往日的窘迫局促、苦闷潦倒顿时烟消云散，今朝登科，犹如晴空万里，海阔天空。"春风得意"与"走马观花"两个成语也燃起了无数人对及第荣耀的向往与遐想。

进士打卡　　唐代实行诗赋取士，最受重视的是进士科，最难考的也是进士科，每年应试的考生总数达一千七八百人，录取率仅百分之二三。要在大唐考上进士，必备书目就是梁武帝长子萧统编撰的《文选》。唐代人对《文选》空前重视，有一句俗语叫"文选烂，秀才半"。唐代乡学教授《文选》，学者们研究《文选》。《文选》既是教材，又是命题范围。唐人试律诗中，有百分之四十的题目来自《文选》的原文或注本。杜甫曾谆谆告诫儿子："诗是吾家事，人传世上情。熟精文选理，休觅彩衣轻。"只要背熟了《文选》，科举就成功了一半，离"雁塔题名"的荣耀也不远了。

进士科的一项考试内容是写诗，称为"试帖诗"，诗题由主考官出，格式为五言六韵的排律，头两句要紧扣主题，中间四联全部对仗。想写出一首出色的试帖诗，要注意两大得分点：一是格律。律诗经过长期的探索，各种规则在唐代已经定型。古人认为好诗要圆美流转如弹丸，格律是平仄阴阳间自然流动的旋律。二是意境，格律只是基本规范，能不能写出意境才是最体现功力之处。受命题的限制与紧张的考试气氛的影响，考生很难写出一首好诗。在唐代不计其数的试帖诗里，很少有佳作流传下来。

自由行　　　中唐诗人钱起名列"大历十才子"之首，只是运气不太好，屡试不第，他写下一首《长安落第》哀叹道："花繁柳暗九门深，对饮悲歌泪满襟。数日莺花皆落羽，一回春至一伤心。"天宝九载（750），钱起再次应考，考试诗题为《湘灵鼓瑟》，这一次钱起灵感爆棚，宛如神助，信笔写下《省试湘灵鼓瑟》："善鼓云和瑟，常闻帝子灵。冯夷空自舞，楚客不堪听。苦调凄金石，清音入杳冥。苍梧来怨慕，白芷动芳馨。流水传潇浦，悲风过洞庭。曲终人不见，江上数峰青。"主考官礼部侍郎李暐阅卷时拍案叫绝，尤其后两句，"曲终人不见，江上数峰青"以景作结，含蕴无尽，饶有韵外之致、弦外之响，堪称"绝唱"。从此，这首《湘灵鼓瑟》深受广大考生追捧，成为公认的试帖诗范本。

当时还流传着一个故事：钱起参加科举前，月夜在江边散步，忽听江上有人吟诗，反复念道："曲终人不见，江上数峰青。"声调十分凄美飘逸。钱起想邀此人来聊天，声音却戛然而止，杳无踪迹。后来钱起考试时，诗写了十句，只差最后两句难以收尾，他忽然想到江上人所吟诗句，用在篇末恰到妙处。故事的潜台词是，人们认为钱起能写出这两句诗，实非人力可为，而是诗鬼所赐。

品茶 ‖ 从来佳茗似佳人

茶圣陆羽与唐代茶文化

票根　　　　　　**送陆鸿渐栖霞寺采茶**

　　　　　　　　　　皇甫冉

　　　　采茶非采菉，远远上层崖。

　　　　布叶春风暖，盈筐白日斜。

　　　　旧知山寺路，时宿野人家。

　　　　借问王孙草，何时泛碗花。

说明　　　西安的大唐芙蓉园里，有以唐代"茶圣"陆

　　　　　　羽命名的木结构建筑群"陆羽茶社"。陆羽

要去栖霞寺采茶，好朋友皇甫冉写诗为他送别。皇甫冉

设想着陆羽在春风和煦的日子里，背着茶筐去山里采摘

新茶的情景，群山环绕，碧水沦涟，嫩绿的柔条在春风

中舒展，清晨进山，到日斜时，竹筐已满。天色渐晚，

不如找一处人家投宿。诗人急切地追问：我的好朋友，

你什么时候会归来？我迫不及待地想品尝你泡的茶。我

们在瓦屋纸窗下闲坐，青瓷杯斟满清泉，茶熟气清，花落无人，何其悠然。

唐代人有两大主要饮品：酒与茶。热汤如沸，茶不胜酒；幽韵如云，酒不胜茶。茶类隐，酒类侠。盛唐人爱饮酒，中唐人爱饮茶。酒能焕发豪情，茶则宁静淡泊。早晨起来七件事，柴米油盐酱醋茶。相比于酒，茶更是生活必需品，宁可三天不吃饭，绝不可一天不喝茶。上到皇室贵族，下到平民百姓，可以不饮酒，但无人不喝茶。皇室贵族偏爱陆羽的煎茶法，将茶叶碾成茶粉，入沸水搅打。民间的饮茶方式近于熬粥，加上葱姜、大枣、桂皮、橘皮、薄荷、酥酪等一起熬煮后饮用。唐代禅宗盛行，许多僧人既是诗僧也是茶僧，寺庙禁止饮酒，却欢迎饮茶。所谓禅茶一味，茶能提神静思，利于禅修。科举考试也离不了茶，一连数天的考试，考生和考官都十分困顿，朝廷特命将茶送至考场，以茶助考，因而茶被称为"麒麟草"。

士子打卡　　若想领略茶文化，秋日的斗茶大会是必不可错过的。四方茶客云集，展示新制茶叶，一试高下，获胜者不仅赚得盆满钵满，还能赢得声誉，无异于一次成功的广告。茶客们把做成茶团的茶叶磨成末，放到汤锅里烹煮，出现一些泡沫，叫作沫浡。沫浡有薄有厚，比较厚的像乳花。所谓斗茶，就是看谁打的泡沫好看而持久，很像现代人爱喝的卡布奇诺上的拉花。

观赏别人斗茶，不如亲自动手体验一下。唐人讲究采茶欲精，藏茶欲燥，烹茶欲洁。采、制、煎、饮四个环节，步步马虎不得。惊蛰日前去采茶，露水初干时摘下嫩绿的茶尖，叫采午青。背回茶棚摊晒，借日光使茶萎凋，叫晒青。冬日时可收集梅花上的雪埋在地下，以备煮茶之用。煎茶时，要先将茶制成茶饼，在火上炙烤，反复翻动，使其受热均匀。当水烧开，出现鱼眼形的气泡并且微微作响时，称为一沸，此时投放茶末最好。

喝茶的器皿也十分讲究，唐人喝茶喜欢用青瓷，茶汤的色泽与茶碗的颜色相映成趣。品茶不可心浮气躁，也不能贪杯。一杯品，二杯饮，三杯就是解渴蠢物，莫要如武松大碗喝酒般一饮而尽。品尝的心境也很重要，某天闲暇，晴窗午后，备好茶盏，乳花雪沫，邀来素心人共饮，君子之交淡如水，以茶相交，因茶知人，淡而有味。

自由行　　陆羽童年不幸，被父母遗弃，幸被龙盖寺智积大师收养。少年陆羽在寺院承受繁重劳役，备受大和尚欺凌。坚韧好学的陆羽熟读经书，却无心科举，只愿以毕生精力研究茶，填补茶史的空白。他隐居浙江苕溪，写出了世界上第一部茶学专著《茶经》。陆羽善于品鉴茶与水的质量，对全国各地的名泉都了如指掌。他认为"用山水上，江水中，井水下"，水质的好坏直接关系到茶水的品质。他在扬子江畔考察水质时，命小童子去取江中心的南零水。谁料小童不小心将水弄洒了，便在岸边装了水混进去。小童将水交给陆羽，陆羽细细品后说："味道不纯，这不是江中心的水。"小童只得又跑了一趟，终于将南零水带回，陆羽尝了一口，笑道："这次对了。"

唐代还有一位"茶仙"，他就是诗人卢仝。卢仝一生嗜茶如命，著有《茶谱》，人称"茶痴"。他的《七碗茶歌》对后世茶文化影响深远，诗云："一碗喉吻润，二碗破孤闷。三碗搜枯肠，惟有文字五千卷。四碗发轻汗，平生不平事，尽向毛孔散。五碗肌骨清，六碗通仙灵。七碗吃不得也，唯觉两腋习习清风生。"《七碗茶歌》流传到日本，还演变为"喉吻润、破孤闷、搜枯肠、发轻汗、肌骨清、通仙灵、清风生"的日本茶道。

对弈 ‖ 闲敲棋子落灯花

中日顶尖棋手的对弈

票根　　　　　　　**送国棋王逢**

　　　　　　　　　　杜　牧

　　玉子纹楸一路饶，最宜檐雨竹萧萧。

　　赢形暗去春泉长，拔势横来野火烧。

　　守道还如周柱史，鏖兵不羡霍嫖姚。

　　浮生七十更万日，与子期于局上销。

说明　　　唐宣宗大中年间（847—860），日本王子率

　　　　　领遣唐使觐见，唐朝设礼乐宴飨与歌舞百戏

招待使团。王子在日本围棋界排行第一，特请求与唐朝

的围棋高手切磋技艺。皇帝命令翰林院的棋待诏与日本

王子对弈。王逢也有"国棋手"之称，此次应诏征赴京师，

参与这场盛大棋会，杜牧便以这首七言律诗为其送行。

　　诗歌化用了许多围棋的术语，玉子指玉棋子，纹楸

即用楸木制作的棋盘，亦称楸局、楸枰，这种棋局在唐

代颇为盛行。此时屋檐正滴着雨水，风吹竹林萧萧，室内下棋的两人丝毫不被影响，相对而坐，澄心静息。"饶"是让对方占先，再反戈一击，采取以退为进的策略。因为起初让对方占了先机，正处于被动局势，即"羸形"，渐渐扳回棋局，如春泉步步回升。攻势展开，犹如野火燎原，杀得对手难以应对。双方激烈鏖战，一方以守为攻，阵脚不乱，就像老子修道，以静制动；一方派兵遣将，谋略与胆气不输于西汉大将霍去病。

日本王子为了向唐朝挑战，特意带来了日本出产的两件宝物：冬温夏冷的"冷暖玉棋子"，光洁如镜的"如楸玉棋局"。唐宣宗起初不以为意，认为区区岛国不足为虑，便安排水平中等的棋手来迎战，以为这样便能挫了日本王子的威风。岂料，日本王子胜。为了挽回大唐的面子，唐宣宗下旨，命翰林院棋待诏顾师言迎战。顾师言是晚唐第一棋手，在他以往的对弈中，二三十招内定能完败对手。但眼前的这位日本王子着实不凡，两人展开激烈缠斗，直到第三十二招依然胜负未决。顾师言深恐有辱君命，冥思苦想，终于在第三十三招以一出"镇神头"逆转危局，日本王子瞠目缩臂，中盘服输。日本棋道深受唐朝的影响，至今，日本奈良博物馆"正仓院"

还藏有唐朝皇帝赠送给日本的名贵棋盘与棋子。

士子打卡 围棋被称作"忘忧物"。据说晋代有一个叫王质的农人去山里打柴，看到两个人在对弈，就在旁观看。一局终了，王质的斧头竟然已经腐朽了，原来他在山中逗留片刻，人世间已经是沧海桑田。唐朝人很爱下棋，上到王公贵族，下至贩夫走卒，都能摆上一盘。唐高祖李渊痴迷于围棋，经常通宵下棋。他的手下裴寂就借与李渊对弈的机会，劝他在晋阳起兵反抗隋朝。唐玄宗时曾举行全国神童选拔赛，七岁的李泌脱颖而出。玄宗正与张说下棋，便指着棋子让李泌即兴赋诗，李泌吟道："方若行义，圆若用智。动若骋材，静若得意。"围棋不仅是一门艺术，还是一种社交手段。唐代流行下夜棋，文人们秉烛对弈，通宵达旦。白居易给元稹写信自嘲道："我只是关东一个粗俗男子，只会读书写诗，像书法、绘画、下棋这样的高雅文艺活动，我是一概不精，简直太愚笨了！"

唐代有待诏制度，朝廷选拔各行业的能手进入翰林院，以备随时召唤，比如有文学待诏、医待诏、书待诏、天文待诏，待诏的职责是陪皇室贵族娱乐。唐玄宗时，棋待诏王积薪旅途中偶遇一户孤老人家，家中只有婆媳二人，王积薪忽然听到婆媳二人在聊天："良宵没什么消遣，我们下围棋吧！"王积薪心下大奇，房屋内没有点灯，二人又分居二室，怎么能够下棋呢？他仔细聆听，原来婆媳下的竟是盲棋，虽没有棋盘，却凭空说出每一步棋的下法。王积薪只觉精妙难言，平生未见。天亮后赶紧拜师求教，得到了指点，王积薪从此棋艺大进，难逢敌手，唯有婆媳二人下的那盘棋，他始终难以解开。

除了宫廷，幽静的寺庙也是下棋的好地方。在草堂寺译经讲经的鸠摩罗什就是一位棋僧。有典籍记载，他把对方的棋子杀死或提掉后，棋盘上会出现龙或凤的图案。白居易《池上二绝》一诗也描写了僧人下棋的一幕，"山僧对棋坐，局上竹阴清。映竹无人见，时闻下子声。"

自由行　待诏虽然官职不高，却能经常与皇帝接触。褚遂良、虞世南曾任唐太宗的书待诏。"永贞革新"领导者王叔文，就是由一名普通的棋待诏转型成为政治家的。

王叔文本是皇太子李诵的围棋教师，王伾则因善于书法成为太子侍书。李诵对两位老师十分尊敬，每次见面都先施礼。在长达十八年的棋待诏生涯里，王叔文经常向太子谈论社会弊病，将治国理政融入棋道里，在他的影响下，太子萌生了改革弊政的想法，在东宫里聚集了一批有政治理想的青年才俊。

永贞元年（805）正月，太子李诵继承皇位，是为唐顺宗。即位后，唐顺宗立刻重用王叔文、王伾、刘禹锡、柳宗元等人，进行大刀阔斧的改革，史称"永贞革新"。革新集团以"二王刘柳"为核心，他们打击藩镇割据，反对宦官专权，维护中央集权与国家统一，罢宫市五坊使，取消节度使进贡，打击贪污腐败，释放宫女与教坊乐工。这些改革上利于国，下利于民，独不利于阉党与强藩。改革很快就受到了宦官与藩镇的强烈抵制，三月，宦官俱文珍联合裴钧等人，迫使唐顺宗立李纯为太子。八月，宦官拥立太子即位，强迫唐顺宗退位为太上皇，是为"永贞内禅"。王叔文被赐死，王伾被贬，革新集团的骨干成员都被流放到荒蛮之地担任司马，史称"二王八司马"。

酒令 ‖ 能饮一杯无

风雅的酒令艺术

票根

问刘十九

白居易

绿蚁新醅酒，红泥小火炉。

晚来天欲雪，能饮一杯无？

说明　　某个酝酿着雪意的寒冷冬夜，诗人白居易忽然想起了他的朋友刘十九，便随手在信笺上题写了一首短诗。老刘老刘，我家新酿的米酒味道超棒，红泥小火炉正在温酒，酒面上泛着绿泡。看天色晚上将要下雪，老刘老刘，你还不快来陪我喝一杯热酒。短短二十字，情味十足。想必收到这封诗札的老刘也是会心一笑，欣然赴约。

　　白居易真是一个懂生活、懂享受的人。他知道雪夜适宜做一些事，比如听雪打窗，雪粒簌簌，清亮可喜；比如听柴火在锅底毕毕剥剥地作响，锅里肉汤翻滚着诱人的香气，不急不躁地煨着，炉边的猫在打呼噜；比如感情至好的两个人随意说着闲话，排骨鲜而美，壶酒温到方好。冬天虽寒冷，能温暖心灵的事物却很多。一位应约而来的老友，两杯雪夜里温烫正好的美酒，足以使人躲在时间的深处，安静而从容。

千百年前，没有手机电脑KTV，人们却能自得逍遥。一轩明月，花影参差，席地三杯小酌。现代人一喝起酒，只会粗着嗓门、撸起袖子来个"五魁首啊六六六"，全无古人"曲水流觞"的风雅。江山风月，本无常主，闲者即是主人。唐人深谙此理，每遇梨花盛开时，便携酒树下，曰："为梨花洗妆。"纱窗临帖，昼长读画，午后浇花，巡檐觅句，桌几观棋，月下抚琴，寒夜览卷，焙茗烹茶……这些富有雅趣的事物，正是古人生活的日常。

士子打卡　　唐人爱喝酒，更常光顾酒肆。长安城东、西二市，酒肆林立，堪称当时的"酒吧一条街"。唐人酒桌上的游戏是行酒令，分律令、骰盘、抛打三种，单是律令就有左右离合令、断章取义令、急口令、一字三呼令、对偶令、卷白波令等十几种花样，玩起来颇有趣味。机智、灵敏的人往往能在酒令中大获全胜。某天，令狐楚邀请顾非熊一同饮酒，令狐楚知道顾非熊幽默善辩，就用一字令来考验他。酒席上，令狐楚行令道："水里取一鼍，岸上取一驼，将者驼，来驮者鼍，是为驼驮鼍。"五句话里，句尾字都谐音"驼"。顾非熊当即还令道："屋里取一鸽，水里取一蛤，将者鸽，来合者蛤，是谓鸽合蛤。"不仅采用同样的句式，而且句尾都用"鸽"音，令狐楚闻之大惊。

可若是才学不够，还在酒席上强逞能，就会贻人笑柄了。元和年间（806—820），黎州刺史宴请宾客，酒酣耳热时，众人玩起了《千字文》令——取《千字文》中一句，句中要带鸟兽虫鱼的名称。黎州刺史苦思冥想，说道："有鱼陶唐。"宾客不由窃笑，原来刺史把"推位让国，有虞陶唐"中的"虞"给记成了"鱼"。酒令巡至才女薛涛时，她气定神闲地说："佐时阿衡"。用的是《千字文》里的"磻溪伊尹，佐时阿衡。"黎州刺史怪道："这四字没有鱼鸟，薛涛要被罚一大斛。"薛涛哂笑道："'衡'字里尚有一个小'鱼'，可刺史您的'有虞陶唐'里是一条小鱼都没有。"

自由行　　若是对咬文嚼字的律令感到头痛，那么推荐您选择相对轻松活泼的歌舞酒令，比如送酒歌舞、著词歌舞和抛打歌舞，用载歌载舞的方式活跃宴会气氛。既可以请歌舞伎来表演，也可以由宾客即兴歌舞，一曲送一杯。节奏欢快的曲子最受人们欢迎，来自西域的乐曲《回波乐》《倾杯乐》《三台令》就是流行在酒席上的金曲。

在电视剧《甄嬛传》里，安陵容在宴席上唱了一首《金缕衣》。其实这首曲子的作者是唐代才女杜秋娘，原为宴席送酒而作，劝宾客们及时行乐，尽情饮酒。在它的背后，还牵涉着杜秋娘曲折的一生与中晚唐的政治风云。才艺双全的杜秋娘被节度使李锜看上，纳为侍妾，备受宠爱。唐宪宗削减节度使的权力，李锜不满，欲举兵反叛，杜秋娘深为担忧，便在宴席上唱道："劝君莫惜金缕衣，劝君惜取少年时。花开堪折直须折，莫待无花空折枝。"歌词微含讽谏之意，然而李锜不听劝告，造反被诛，杜秋娘作为叛臣家属被罚入宫，为歌舞伎。一次宫廷宴会上，杜秋娘再次唱起了这首《金缕衣》，哀婉悲凉的曲调拨动了宪宗皇帝的心弦，宪宗爱上了这个历经磨难而不失风骨的女子，封她为秋妃，两人恩爱相伴十几年。宪宗去世后，穆宗即位，命杜秋娘照料皇子李凑。李凑成年后，却遭到权臣郑注诬陷，被废除王号，削去封地，贬为庶民。杜秋娘也被放归故里，孤独终老。杜牧曾见过晚年的杜秋娘，还为她写下一首《杜秋娘诗》。

绘画 ‖ 画人心逐世人情

画圣吴道子的故事

票根　　　　　**画　鹰**

杜　甫

素练风霜起，苍鹰画作殊。

攫身思狡兔，侧目似愁胡。

绦镟光堪擿，轩楹势可呼。

何当击凡鸟，毛血洒平芜。

说明　　　这首诗作于杜甫三十岁时，此时他正在全国游历，过着裘马轻狂、登山临水的生活。鹰是杜甫很喜爱的动物。诗歌开篇就不同凡响，洁白的画绢之上，突然腾起肃杀的霜风寒意，气势凶猛夺人。但见苍鹰耸起身躯，准备捕杀狡猾的野兔。它碧绿的眼珠凝视着，好似忧思重重的胡人。只要解开丝绳铁环，苍鹰就会振翅飞去。再轻轻呼唤一声，它又会拍翅飞回廊柱堂前。何时让这只雄鹰去搏击凡鸟，我们就能看到毛血洒满草原的壮观景象。这首画鹰诗采取遗貌取神的写法，渲染出苍鹰的凛凛生气，诗中有画，画中有诗。苍鹰所代表的豪情盛气，也体现了唐朝奋发向上的生命力。

画师打卡　　陕西历史博物馆内的唐代壁画珍品馆展示了唐代绘画与现实生活的密切联系，也是非凡创造力和高度写实技巧的反映。古人所谓琴棋书画，将画放置末尾，并非画不如前三者重要，而是绘画实属不易。绘画要有十分功夫，就要拿四分用来读书，三分来写字，先储于心，再行于手，最后三分来画画。人品不高，画品也难高。想那山川草木，造化自然，以区区笔墨描绘山苍树秀、水活石润，画家须得于天地之外，别构一种灵奇，曲尽蹈虚揖影之妙。小景可以入画，大景可以入神，若非胸中有大丘壑者不能为之。笔墨纸砚之余，要多去名山大川寻访胜景，方能以咫尺之图写千里之景。纵然不会画，也须懂得观。常观古画几幅，便觉心目间空灵娴雅，面上尘亦扑去三分。

中国的山水画，从唐代起分为南北两大宗，王维为南宗的始祖，李思训为北宗的始祖。李思训的山水画青绿为质、金碧为纹，笔法精致工巧，色彩浓艳富丽，又被称作金碧山水或青绿山水，画起来工笔细描，很费时间。李思训家族是一个绘画世家，他的儿子李昭道、弟弟李思诲都善于丹青，李思诲的儿子就是玄宗时期的奸相李林甫。

　　王维的山水画采用水墨皴染之法，体现了文人审美趣味，因此南宗画又被称为文人画。王维曾画有一幅《袁安卧雪图》。袁安是东汉名臣，早年家境贫困，寒冬大雪封门，袁安僵卧家中，几近冻死，依然不肯出门行乞。令人称奇的是，王维居然画了几株雪地里开放的芭蕉，既赞扬了袁安乐道安贫的志趣，也寄寓了"凡所有相，皆是虚妄"的禅理，可谓是造化入神，迥得天意。

自由行　　吴道子被尊为"画圣"，是被官方推崇的大师，在民间，画工们更是将吴道子奉为"祖师"，他的佛像样式被称作"吴家样"。吴道子画的人物，衣带飘逸飞舞，仿佛春风吹拂，是为"吴带当风"。吴道子曾在壁上画五条龙，每逢大雨，画上的龙鳞甲飞动，烟雾缭绕，似乎要冲破墙壁。唐玄宗喜爱吴道子的画，甚至下令："没有旨意，吴道子不准给别人画画。"有一天，唐玄宗想起山清水秀的嘉陵江，遂命吴道子前去写生。吴道子归来，却是两手空空，他说："我不需要粉本，要画的都记在心里了。"玄宗命他在大同殿壁上作画，一日之间，嘉陵江三百里风光跃然而生。

在吴道子的画作《钟馗捉鬼图》中，钟馗穿着蓝色长衫，腰上系着笏板，头发蓬乱，胡乱绑着头巾，他左手捉一鬼，正眯着眼睛用食指挖鬼的眼睛。图画笔力遒劲，栩栩如生。后蜀国君孟昶将它挂在寝宫内辟邪。有一天，孟昶与著名画家黄筌一同欣赏，孟昶说："此画不同凡响，但如果钟馗用拇指挖鬼的眼睛，是不是更有力道？"孟昶让黄筌略作修改，黄筌苦思冥想好几日，依然无处下手，只得自己又画了一幅《钟馗捉鬼图》，连同原作一起递交给了皇帝。孟昶奇怪地问道："朕只令卿改画，为何还要花费心力，重新另作一幅呢？"黄筌答道："陛下有所不知，吴道子画的钟馗，将全身的力道、神情、眼神都集中在食指上，而并不是拇指。一旦改动，画的精髓将丧失殆尽。"孟昶叹道："吴道子的画，确是一笔都不能改动啊！"

唱歌 ‖ 一声何满子

流行乐坛谁最强

票根　　　　　　宫　词

张　祜

故国三千里，深宫二十年。

一声何满子，双泪落君前。

说明　　这首《宫词》背后有一段凄美的故事。会昌
六年（846），唐武宗李炎病危。他躺在病
床上，最宠爱的妃子孟才人在一旁侍奉。唐武宗哀伤地
说："我就要不久于人世了，再也听不到你动人的歌声，
看不到你优美的舞姿了。"孟才人与唐武宗感情深厚，
她哽咽着说："如果真有那么一天，我会追随陛下而去
的……"唐武宗叹息道："你再给我唱一首歌吧。"孟
才人唱了一首《何满子》，一边唱一边流泪，曲调凄婉欲绝，
令人心碎。一曲唱毕，孟才人突然倒在地上，宫女扶起
她时，才发现已经气绝身亡。张祜听闻此事，十分悲伤，

写下了一首《孟才人叹》："偶因歌态咏娇嚬，传唱宫中十二春。却为一声河满子，下泉须吊旧才人。"

孟才人所唱的《何满子》，源于唐玄宗开元年间（713—741）。沧州有一名歌手犯了死罪，临刑前唱了一支悲伤的歌曲，希望行刑官能够赦免他，但最终还是死在刑场上。然而以这位歌手的名字命名的《何满子》，却一直流传了下来。许多诗人都写下诗篇感慨何满子的遭遇，如白居易《听歌六绝句·何满子》："世传满子是人名，临就刑时曲始成。一曲四调歌八叠，从头便是断肠声。"

乐人打卡　　唐代是古典音乐发展的黄金时期，宫廷音乐分为立部伎和坐部伎，酷爱音乐的唐玄宗亲选坐部伎子弟三百名，在梨园教授音乐。唐玄宗时期共有四大梨园，唐华清宫梨园，也叫随驾梨园，是迄今为止我国唯一一处发掘出土的唐代梨园遗址。如果发现有谁弹错或唱错了，玄宗就去亲自指正，所以梨园子弟皆号称"皇帝弟子"。安史之乱中，梨园遭到破坏，唐玄宗出逃，安禄山占领了长安城，许多梨园子弟要么不屈被杀，要么流落江湖。安禄山叛军在宫廷里大摆宴席庆贺，并学着玄宗的样子召集梨园子弟来演唱助兴。一名叫雷海青的琵琶乐工被迫为安禄山弹奏，雷海青性情刚直不阿，他在弹奏到最激烈处，忽然举起琵琶，用尽全身力气向安禄山掷去，可惜没有击中。雷海青被杀害时，仍然声如洪钟地大骂叛贼。

梨园最著名的女歌手是永新，又名许和子，她在安史之乱中流落民间，嫁给了一名普通士子，她昔日的好友韦青则逃避战乱到了扬州。某天夜晚，韦青在河畔凭栏而立，忽然听到湖中小舟上有人在唱《水调》，她失声叫道："这一定是永新在唱歌。"韦青急忙登船寻找唱歌之人，果然是失散多年的好友永新，两人相对而泣。不过，这些流落四方的梨园子弟把宫廷音乐带到了民间，在客观上也促进了宫廷音乐与民间音乐的交融。

自由行　　开元天宝年间（713—756），唱乐府诗的风气最为兴盛。玄宗设置的教坊中有许多杰出的女艺人，如善歌的许和子、善舞的庞三娘、善筋斗的裴大娘、善弄《踏谣娘》的张四娘，最具实力的歌手叫作李八郎。有一年科举放榜后，新科进士们在曲江设宴庆贺。一位名士为了给大家制造惊喜，悄悄把李八郎找来，与他商量道："你先别告诉人家你是谁，再换一身破烂衣裳，看他们这些进士能不能仅凭你的歌声认出你，岂不是很有趣吗？"李八郎也愿意做这个有趣的游戏。于是名士把衣着寒酸的李八郎带到盛大的杏园宴上说："这是我的表弟，就让他坐在最后边吧。"

宴会开始，状元担任酒令令官，各有一人主宴、主酒、主乐、主茶。进入文艺表演环节时，乐人们纷纷入场，其中还有曹元谦和念奴两位明星，他们一曲唱毕，进士们都陶醉不已，交口称赞。那位名士忽然说："下面请我的表弟给大家歌一曲！"衣衫褴褛的李八郎站了出来，众人哄堂大笑。可是等到他一亮嗓子，凄楚动人，哀感顽艳，顿时把听众带入了音乐的美好意境中，众人都被深深打动，擦着眼泪齐声道："这位一定是李八郎！只有李八郎的歌声才有这样的感染力。"

弹筝 ‖ 欲得周郎顾

源于秦地、风靡四海的乐器

票根

听筝

李端

鸣筝金粟柱，素手玉房前。

欲得周郎顾，时时误拂弦。

说明　　这首《听筝》背后有一段有趣的小故事。升平公主的丈夫、驸马郭暧有位侍女，名唤镜儿，弹得一手好筝，长得也很漂亮。郭暧在家中设宴招待宾客，命镜儿弹筝助兴。诗人李端是经常出入驸马府的宾客，早就注意到了才貌双全的镜儿。他在席间偷偷地注视她，流露出爱慕之意。郭暧觉察此事，便对李端说："李公子才高八斗，若能以弹筝为题，赋诗一首，我便将镜儿许配给你。"李端大喜，当即在席间吟道："鸣筝金粟柱，素手玉房前。欲得周郎顾，时时误拂弦。"郭暧大为称道，遂遵守承诺，将镜儿许配给李端。

这首小诗将弹筝女子的形象写得娇俏可人，"金粟柱"代指筝柱，首两句通过描写筝形制的华美与演奏环境的优雅，侧面烘托出镜儿的高超技艺。后两句用典来源于三国故事。三国时东吴大将周瑜精通音乐，而且英俊潇洒，风流倜傥，被称为"周郎"，意为"周帅哥"。周瑜经常召集乐工演奏，一名乐伎为了吸引他的注意，故意弹错一个音，周瑜虽喝得酩酊大醉，也能立马察觉到是哪个音弹错了，特意为那名乐伎指正。"曲有误，周郎顾"的故事从此便流传下来。

乐人打卡　　筝是以音响效果来命名的，弹起来其声"筝筝然"。战国时李斯《谏逐客书》曰："夫击瓮叩缶，弹筝搏髀，而歌呼呜呜，快耳目者，真秦之声也。"可见先秦时筝就在秦地流传了，是中华民族的传统弦乐器。只是当时演奏手法比较单一，还不能转调与变音；演奏方式也是简单地与瓮、缶合奏，民众拍着大腿哼着歌谣相和。汉魏时期，筝乐走向成熟，已采用"促柱""变调"的方法来转音，这也是当代古筝演奏时常用的移动筝码来转调的方法。

唐代最流行的是十三弦筝，不同于现在的二十一弦古筝，其他还有轧筝、云和筝等。唐筝的弹奏技法十分丰富，有抽、促、掩、抑、弹、拍、拂、回旋、遏、调、抚等，与现代意义上的弹奏方法已经非常接近。宫廷教坊经常从民间选拔一些才艺出众的女子，教她们弹奏琵琶、三弦、箜篌、筝。李白《春日行》曰："佳人当窗弄白日，弦将手语弹鸣筝。春风吹落君王耳，此曲乃是升天行。"就是描写宫廷乐人弹筝的情景。白日映照下皓腕凝霜、红袖翠眉的美人，弹奏出羞杀黄莺的筝声，与五色缠弦、斑斓华美的筝柱构成了一幅色彩缤纷的弹筝图，让人真切感受到了筝声之华丽，极富视觉、听觉上的感染力。

在民间，筝也是深受民众喜爱的弦乐器，一度形成了"奔车看牡丹，走马听秦筝"的盛况。古人深谙音乐要从娃娃抓起的道理，许多文人家庭的孩子从小就学习琴棋书画技艺，顾况《郑女弹筝歌》曰："郑女八岁能弹筝，春风吹落天上声。"郑家小女儿才八岁就能弹一手好筝，让诗人听得如痴如醉，如沐春风，可见是极具音乐天赋的。

自由行　　　　唐代开元年间（713—741），天下第一筝手要数宫廷教坊中的薛琼琼。清明节时，宫廷乐伎结伴去曲江踏青。一位叫崔怀宝的年轻诗人也在曲江游玩，偶然碰到宫中的车马经过。琼琼撩开窗帘向外张望，崔怀宝看到琼琼美丽的容貌后一见倾心。琼琼在曲江畔弹筝吟唱，歌声动听，筝声更令人陶醉，崔怀宝当场吟了一首《忆江南》："平生愿，愿作乐中筝。近得玉人纤手子，砑罗裙上放娇声，便死也为荣。"恰好崔怀宝有一位好朋友叫杨羔，在教坊担任供奉，便把这首词交给了薛琼琼。琼琼看到词后芳心暗许，大胆与崔怀宝私奔了。事发之后，两人都被逮捕。杨贵妃听闻后，怜悯这一对有情人，便将他们释放了。这则故事还屡被明清时期的小说家、戏剧家写进杂剧与传奇。

白居易多才多艺，通乐理善乐器，对音乐有极高的鉴赏能力。他曾在深夜听筝，写道："紫袖红弦明月中，自弹自感暗低容。弦凝指咽声停处，别有深情一万重。"白居易曾在杭州任刺史，正好当地著名乐伎谢好弹筝技艺高超，他想重现在长安城里看过的《霓裳羽衣曲》，便让谢好弹筝，玲珑弹箜篌，陈宠吹觱篥，沈平吹笙，组成一个小型乐队班子，每日排演，自得其乐。

舞蹈 ‖ 一舞剑器动四方

唐代最优秀的女舞蹈家

票根　　　观公孙大娘弟子舞剑器行

杜　甫

昔有佳人公孙氏，一舞剑器动四方。

观者如山色沮丧，天地为之久低昂。

爝如羿射九日落，矫如群帝骖龙翔。

来如雷霆收震怒，罢如江海凝清光。

绛唇珠袖两寂寞，晚有弟子传芬芳。

临颍美人在白帝，妙舞此曲神扬扬。

与余问答既有以，感时抚事增惋伤。

先帝侍女八千人，公孙剑器初第一。

五十年间似反掌，风尘澒洞昏王室。

梨园弟子散如烟，女乐余姿映寒日。

金粟堆前木已拱，瞿塘石城草萧瑟。

玳筵急管曲复终，乐极哀来月东出。

老夫不知其所往，足茧荒山转愁疾。

说 明　　唐代宗大历二年（767）的秋天，杜甫在夔府别驾元持家里看到李十二娘在跳剑舞。她的舞姿矫健多变、气势非凡，杜甫觉得似曾相识，问她师承何人，她说："我是公孙大娘的弟子。"这一句回答顿时勾起了杜甫久远的回忆。

开元五年（717），公孙大娘来到郾城表演剑器浑脱舞，观众如山，万人空巷。年方六岁的杜甫拼命挤到人群里，看到了令他终生难忘的表演。虽然开元盛世人才济济，但是从皇宫宜春苑、梨园到宫外供奉的舞女中，能跳此舞的也只有公孙大娘一人而已，她堪称大唐剑舞第一人。那美丽的容颜、潇洒的身姿给杜甫留下了深刻印象。如今白发苍苍的杜甫又看到了公孙大娘的弟子李十二娘的剑舞，不禁勾起了怀旧情绪，心中无限感慨。

公孙大娘其实是个美貌少女，"大娘"指在公孙家排行第一的大女儿。剑是龙的化身，光芒如飞龙在天，是驱邪镇恶的图腾。公孙大娘手持双剑，散发光芒如同后羿射日，剑影如群龙翱翔。初舞如雷霆乍怒，舞毕如江海凝光。舞姿流畅飘逸，节奏顿挫。围观的人们都被这惊世骇俗的舞姿震撼得说不出话，似乎天地为之变色，江河也惨淡无光。公孙大娘的舞蹈是难以复制的，只有盛唐能孕育出如此绚丽的舞蹈。

舞者打卡　　唐朝人喜爱艺术，音乐舞蹈都得到了空前的发展，既有典雅清丽的中原乐舞，又有新鲜活泼的域外乐舞。唐朝人的生活离不开乐舞，只要有宴席，必有歌舞来助兴。而贵族高官们在宴会上唱歌跳舞，不仅不会被认为有失身份，反而被看作是一件很风雅的事。长安流行的舞蹈有健舞与软舞。健舞的风格豪迈威武，有柘枝舞、剑器舞、胡旋舞，公孙大娘表演的剑器浑脱舞正是健舞。软舞则柔和婉约，包括回波、兰陵王、春莺啭、凉州、甘州、绿腰。作为唐玄宗时期的政治中心，兴庆宫内经常举行大型国务活动，更有舞蹈等演出，如经常表演字舞与花舞，演员通过不同队列组合成文字、花卉图案。

　　唐高祖武德二年（619），秦王李世民带兵讨伐割据势力刘武周，经历千难万险后终于击溃刘武周残军，率部收复了所有的失地，帐下将士大唱军歌《秦王破阵乐》庆祝凯旋。李世民登基后，亲自设计了一幅《破阵舞图》，命令音乐家吕才改编原本曲调，著名文臣魏徵、褚亮、虞世南、李百药合作填词，配合舞蹈歌唱。舞者一百二十八人，皆身披银甲，手执剑戟，依图演练，重现了激荡人心的烽烟战场。在玄武门外演出时，唐太宗率领群臣与部族首领、外国使臣一同观看，两千人的马军仪仗队引着庞大的表演队伍入场，气势震天动地，在场之人无不被鼓舞，山呼万岁，番邦使臣还忍不住跟着音乐手舞足蹈起来。

《秦王破阵乐》辉煌壮美，大气雄浑，是大唐最嘹亮的战歌，是贞观气象的体现。这支乐舞在国际上流传甚广，玄奘西行所经之国都能听到《秦王破阵乐》的铿锵节奏与外国人对大唐天子的赞誉。遣唐使粟田正人将它带到了日本，如今在日本还存有《秦王破阵乐》的五弦琵琶谱、筝谱、觱篥谱。

自由行　　　艺术是相通的，无论是诗歌、音乐、舞蹈，虽然外在形式不同，但内在精神的追求是一致的。唐文宗通令全国，将李白的诗、裴旻剑舞、张旭草书列为大唐"三绝"，裴旻被称为剑圣。开元年间（713—741），裴旻因母亲去世，想请大画家吴道子在天宫寺作壁画，超度亡魂。吴道子说："我已经很久没有作画了，如果一定要我画的话，请将军为我舞剑。"裴旻当即脱去孝服，持剑起舞，只见他左旋右抽，剑气逼人。突然间掷剑入云，高数十丈，又若电光下射，破屋而入，竟然丝毫不差地落入裴旻高高举起的剑鞘里。在场几千名观众都被这举世无双的高超剑技惊呆了。吴道子灵感迸发，如有神助，挥毫图壁，飒然风起，绘成一幅为天下之壮观的壁画。

张旭被称为"草圣"。他曾自述学书法的经历："观公主担夫争道而得其意，观公孙舞剑器而得其神。"这说的是他在路上看到公主的轿夫在拥挤的路上奔走，虽然步伐很快，却能保持轿子平稳，又在邺城观看了公孙大娘的剑器舞，剑势豪放激扬、挥洒自如，从中领悟到书法的道理。后来的小说家金庸将张旭草书演变为武功招式。《神雕侠侣》里，朱子柳与蒙古王子霍都比武，便是以张旭《自言帖》为招数。黄蓉想到张旭草书前要先饮酒，才能"挥毫落纸如云烟"，便用弹指神通为朱子柳送去三杯酒助兴。朱子柳酒意一增，笔法更具锋芒，写到"担夫争道"的"道"字，一笔划破霍都衣衫，大胜而归。

古琴 ‖ 静听松风寒

修身养性，不可无琴

票根   **听颖师琴歌**

李 贺

别浦云归桂花渚，蜀国弦中双凤语。

芙蓉叶落秋鸾离，越王夜起游天姥。

暗佩清臣敲水玉，渡海蛾眉牵白鹿。

谁看挟剑赴长桥，谁看浸发题春竹。

竺僧前立当吾门，梵宫真相眉棱尊。

古琴大轸长八尺，峄阳老树非桐孙。

凉馆闻弦惊病客，药囊暂别龙须席。

请歌直请卿相歌，奉礼官卑复何益。

说明   古琴是最能代表古代文人审美情趣的乐器，

抚古琴宜择高山上，于霜降木落时，入疏林
深处，时有红叶飘落衣袖，野鸟飞来窥人，听山水之间
自有清音。王维隐居于终南山时就经常在竹里馆弹琴："独

坐幽篁里，弹琴复长啸。深林人不知，明月来相照。"

古琴最初只有五根弦，文王囚于羑里，思念其子伯邑考，加弦一根，是为文弦。武王伐纣，加弦一根，是为武弦。众器之中，琴德最优，士无故不撤琴瑟。所谓琴不可不学，能平才士之骄矜；剑不可不学，能化书生之懦怯。士子爱与琴剑为伴，有"琴心剑胆"之称。

唐代还出现了许多以弹琴闻名的和尚，颖师就是中唐时期著名的琴僧。颖师不仅琴艺高超，还善于给自己打广告，其策略就是请求大诗人为他写诗。韩愈为他写过一首《听颖师弹琴》，这首诗令颖师收获了后世无尽的盛名，直到宋代，苏东坡还将这首诗隐括为词，赠给欧阳修的一名琵琶伎。

元和四年（809），李贺因父荫担任从九品的奉礼郎，开始了三年的长安为官生涯。一天，颖师抱着琴来到李贺的门前弹奏，此时李贺正卧病在床，听到琴声后，不由精神振奋，挥笔写下这首七言古诗相赠。李贺的诗风人称"长吉体"，构思奇幻，意境深幽，设色艳丽，这首诗体现了长吉体的典型艺术风格。

诗意为：颖师站在我的门前，他眉有棱角，面容庄严，犹如菩萨转世。他拿的古琴弦柱粗大，长达八尺，用峄山之阳的老桐树制成。听着颖师的琴声，仿佛看到浮云散去，天河清浅，桂花飘香，凤凰相鸣。深秋荷叶凋零，鸾鸟离群，越王在夜晚游览天姥山。琴声泠泠，好似品行高洁的人敲响水晶玉佩；琴声缥缈，像仙女骑着白鹿渡海消逝在迷雾中。还有谁再去看周处在长桥下水中杀蛟，还有谁观赏张旭用头发蘸墨书写狂草。琴声惊起了病卧家中的我，药囊也暂从龙须席上拿开。颖师啊，你请人写诗，应该找公卿大官才是，我这区区奉礼郎对你毫无帮助。

看来，李贺对自己担任的卑微官职很不满意，没过多久，他就借口身体有病，辞职归乡了。

僧人打卡　　唐代的佛教流派中，禅宗最为盛行。据说达摩祖师一苇渡江，将禅宗传到中土。继达摩之后，六祖惠能将禅宗的影响扩大至全国。惠能的人生经历颇富传奇性，他三岁丧父，家境艰难，以伐薪卖柴为业来养母度日。有一天，惠能卖柴时，听到路人在念诵《金刚经》，顿时被深深吸引，于是前往蕲州黄梅东山参拜五祖弘忍大师。弘忍问道："你是何人？为何来此？"惠能答道："我是岭南农夫，远来礼师，唯求法作佛。"弘忍故意说:"你只是南方蛮人,如何能作佛?"惠能答:"人有南北,佛性无南北。"弘忍因此知道惠能对佛法悟性极高。

一天,弘忍把门人全部召来,要大家各作一偈。如果有谁能悟得佛法真意,就受其衣钵。僧徒们都认为上首弟子神秀定是下一任接班人,只见神秀在弘忍的门前写了一偈:"身是菩提树,心如明镜台。时时勤拂拭,勿使惹尘埃。"惠能虽不识字,听到僧人念诵偈语,就知道神秀未见本性。他托人书写一偈:"菩提本无树,明镜亦非台。本来无一物,何处惹尘埃。"弘忍知道惠能已经悟道,便在惠能舂米时,拿拐杖在石墩上敲打三下。惠能会意,三更时来到弘忍的禅房,弘忍为其开示如来正法眼藏,并密授袈裟给他。惠能带着禅宗的衣钵回到岭南,弘扬佛法,建立南宗,使得"直指人心,见性成佛"的顿教法门风靡南北。《西游记》里,菩提祖师将孙悟空打了三下,倒背着双手走了。孙悟空明白师父要点化他,三更时分偷偷溜到师父房间,菩提祖师果然传授给他技能。这个情节也正是取材于惠能这段故事。

自由行　　　李贺长相很奇特，细瘦、通眉、长指爪。

　　他的家族是唐高祖李渊叔父郑王李亮后裔，至李贺时，家道早已没落，且不说皇室风光已失，就连居家度日也很是艰难。十九岁的李贺拜访诗坛领袖韩愈，韩愈正准备休息，随手翻了翻李贺的诗集，看到第一篇《雁门太守行》的"黑云压城城欲摧，甲光向日金鳞开"，遂惊叹不已，赶紧请李贺进来聊天。后来，韩愈还拉着监察御史皇甫湜登门拜访李贺，李贺倍感荣幸，写下一首《高轩过》。韩愈的大力褒扬使得李贺名声日广。

　　谁料李贺预备科举时，妒才者放出流言，谓李贺父名"晋肃"，而"晋"与"进"同音，应避讳，不能参加进士考试。韩愈对这种污蔑之词很愤怒，他专门写文章辩驳道，难道父亲叫"仁"，儿子就不能做人了吗？然而，李贺的科举之路还是中断了。从此，李贺将作诗当作毕生事业，他的一些诗歌令人如入鬼境，毛骨悚然，故被称为"诗鬼"。他每日背一个古旧锦囊，《楚辞》系于肘后，骑一匹瘦驴出门，一旦灵感出现就投书囊中。有一天晚上回来，母亲看到他囊中积满的诗稿，悲伤地说："我的孩子，你是要呕出心才肯罢休啊！"如此费尽心力，注定了李贺疾病缠身，享年不永。据说李贺将死时，在白天见到一位绯衣人，驾着赤虬，手持一张篆文圣旨，笑道："玉帝建成白玉楼，召李贺去写文章纪念。"李贺还欲推辞，绯衣人说："这可是天界的好差事！一点也不辛苦。"李贺当天就病故了，年仅二十七岁。尽管天不假年，但极具艺术独创性的"李长吉体"足以在文学史上留下最瑰奇幽艳的一笔。

唐妆 ‖ 双眉画作八字低

唐代的时尚 *style*

票根

时 世 妆

白居易

时世妆，时世妆，出自城中传四方。

时世流行无远近，腮不施朱面无粉。

乌膏注唇唇似泥，双眉画作八字低。

妍媸黑白失本态，妆成尽似含悲啼。

圆鬟无鬓堆髻样，斜红不晕赭面状。

昔闻被发伊川中，辛有见之知有戎。

元和妆梳君记取，髻堆面赭非华风。

说明　　唐代元和末年的流行装扮很独特，这种风气从长安与洛阳流传到全国各地，不管哪里的姑娘都化着一样的妆，脸上不施朱粉不涂胭脂，反而用黑膏涂嘴唇。她们画着低低的八字眉，头上梳圆环堆髻，脸上涂上赭色毫无光彩，无论美丑黑白都失去原本的模样，妆成后都是一副悲啼的苦相。"赪面"本是吐蕃女子化妆手法，用红褐色颜料涂在脸上。周平王迁都洛邑（今洛阳）时，随从的大臣辛有看见有人披头散发在野外祭祀，学习胡人习俗。辛有悲叹道："不出百年，此地就会完全胡化，变成戎人的土地，人民都会披发去祭祀。"白居易也不喜欢这种怪异的化妆法，在诗末谆谆告诫道，堆髻赪面不是中国的风俗，女子们切勿效仿。步入中晚期的唐朝，已逐渐失去盛唐时期建功立业的豪情壮志，颓废、迷惘、哀伤的情绪在社会上弥漫。抛家髻、泪妆、血晕妆，皆是消极萎靡、慵懒丧气的风格，"元和妆"也是时代精神的反映。

仕女打卡　　唐代女子的流行时尚经常更新换代，必须经常光顾东西两市等美妆胜地，否则就会落伍于潮流。最雍容大气的还是盛唐时期的妆容，画家张萱《捣练图》与周昉《簪花仕女图》为我们留存了华美典雅的仕女身影，她们发髻巍峨，遍簪盛放的牡丹，面颊丰满，体形丰腴秾丽，身穿襦衫披帛，袒领宽大低开，性感迷人。潮流之外还有反潮流，大唐时尚界领袖杨贵妃屡创奇妆，在当时盛行的艳丽浓妆外另辟蹊径，作"白妆黑眉"，只扑粉不施朱，如同哭过一般，称为"泪妆"，以义髻为首饰，梳"愁来髻"，在朝野上下风靡一时。

初盛唐时期女性面妆的程序为：敷铅粉、抹胭脂、画黛眉、贴花钿、点面靥、描斜红、涂唇脂。面靥施于面颊酒窝处，多为胭脂所画的两个小点，也称"妆靥"，后来逐渐出现金箔、翠羽、杏核、花卉等物粘贴而成的面靥。贴花钿是指将装饰物贴在两鬓、眉间或面颊上，用以装饰。制作花钿的材料有金箔、鱼鳞、鱼鳃骨、黑光纸、螺钿壳、云母，甚至还有蜻蜓翅膀；图案不仅有梅花、梨花等花卉式样，还有各式小鸟、小鱼、小鸭。花钿是女子脸上最妩媚动人之处，微笑时，明若朝霞，灿若云锦，行动时，似落花缤纷，随风摇落，营造出如诗如画的意境。

传说花钿起源于南朝宋武帝刘裕的女儿寿阳公主。一天，公主躺在含章殿檐下休息时，一片梅花飘落到额头上，怎么都揭不下来。三天之后，梅花终于揭落，公主的额头也印上了一片花痕，久洗不掉。宫女们竞相模仿公主的妆饰，剪梅花图案贴在额上，称为"梅花妆"。唐代的才女上官婉儿进一步推广了花钿。上官婉儿深受武则天的喜爱，掌管宫中制诰。据说有一次朝会时，上官婉儿被宰相的翩翩风度所吸引，忍不住多看了几眼，武则天认为上官婉儿不专心做记录，随手掷去一把修指甲的小剪刀，正中其额头。上官婉儿为了遮住伤痕，便在额头画了花钿，这不仅没有减损她的美丽，反而使她更多了几分迷人的风情。

自由行　　　　如果你不喜欢华丽繁复的女装，那不妨体验一下大唐女子的男装风尚。太平公主就是个男装爱好者，她曾扮成男子的模样，昂首阔步，英姿飒爽，惹得武则天与高宗李治哈哈大笑。想在唐代完成一次男装秀，你需要这样穿戴：头上戴皂罗幞头，或扎布条，或露髻，身穿圆领袍或翻领长袍，下身穿波斯紧口条纹裤，足蹬翘头靴。对了，一条大唐时尚腰带——蹀躞带，更是全身搭配的点睛之笔。记得要在革带上佩戴七件物品：佩刀、刀子、砺石、契苾真、哕厥、针筒、火石。砺石，即磨刀石；契苾真，可作雕凿之用；哕厥，是解绳结用的锥子；针筒用以存放各种针或者纸帛；火石是点火用的燧石，功能等同于打火机。这些物品都是游牧民族行旅或野外生存的必备用具。唐代人喜爱胡人的装束，女子穿一身胡装，比穿宽大的襦裙更能衬托出健美的身材。当时开放的贵族女子无不以穿胡服为潮流。皇宫内廷的宫女常做男装打扮，她们或穿翻领袍，露出鬐发，或穿圆领袍，头上裹幞头，被称为"裹头内人"。

穿上这一身潇洒的男装，就可以自由地活动了。由于受到胡风影响，女子骑马成为一时风尚。《虢国夫人游春图》里，贵族女子们骑马出门，扬鞭驰骋，游春射猎。出土的唐代墓室壁画也保留了当时骑马女子的英姿，她们头梳高鬐，持缰驾马，身穿紧身绿色胡服，胸前露出红色翻领，干练优美，大气洒脱。唐代女性装束大不同于传统习惯，表现出盛唐女性强烈的自信心与张扬的个性。

马球 ‖ 万里可横行

唐人最爱的竞技体育

票根　　　　　　**房兵曹胡马诗**

杜　甫

胡马大宛名，锋棱瘦骨成。

竹批双耳峻，风入四蹄轻。

所向无空阔，真堪托死生。

骁腾有如此，万里可横行。

说明　　　　在古代，马是最主要的交通工具。丝绸之路
开通后，西域出产的骏马开始融入汉民族的
生活。汉武帝为了提高骑兵的作战能力，先后从乌孙和
大宛引入良马。

大宛是古西域国名，在今中亚费尔干纳盆地，以盛
产葡萄、苜蓿、名马闻名。杜甫这首咏马诗里，大宛马
的主人姓房，兵曹是他的军中职务。这匹大宛马神清骨峻，
奔驰凌厉，非凡马可比。马以神气清劲为佳，骨骼突出、

瘦劲有力才是好马的标志。马对主人忠心耿耿，是托付生死的战友。东吴孙权攻打合肥时，乘骏马跨上津桥，不料桥被敌军拆毁，眼看孙权就要坠入河中，骏马长鸣一声，飞跃到对岸，救了孙权的性命，可称是"所向无空阔，真堪托死生"。

将军打卡　　　唐人对马有着强烈的热爱。李氏家族原居关陇，流淌着鲜卑人的血液，崇尚武力骑射。骑兵将领出身的唐太宗，对他的战马感情深厚。"昭陵六骏"石雕记载了唐太宗戎马生涯的辉煌战功，它们是飒露紫、拳毛䯄、青骓、什伐赤、特勒骠、白蹄乌。唐太宗命宫廷画师阎立德、阎立本兄弟将六骏制成浮雕。六匹骏马英姿飒爽，昂首阔步，彰显出大唐的赫赫声威与盛世气象。"昭陵六骏"中唯有飒露紫是一人一马的形象，这里面有一个感人至深的故事。在与王世充的战斗中，李世民骑着名马飒露紫，率领数十名骑兵，杀开一条血路，冲到敌阵背后，无人敢阻。不料，王世充的骑兵一箭射中飒露紫，在这危急时刻，部将丘行恭立刻翻身下马，把坐骑让给李世民，他则牵着受伤的飒露紫，步行持刀作战，突围回到营地。飒露紫被箭刺入胸口，伤势严重，丘行恭一边安抚着它，一边小心翼翼地拔箭。飒露紫很通人性，它没有挣扎嘶鸣，而是温顺地配合。这一幕被镌刻在石雕上，李世民为飒露紫题赞文道："紫燕超跃，骨腾神骏，气詟三川，威凌八阵。"

唐代专门开辟了牧马区，又设立了太仆寺，专管马的选种、放牧与调教。唐玄宗格外喜爱胡马，他刚即位时，内厩有马二十四万匹，十几年后，就增加到了四十万匹。"玉花骢"是玄宗最为心爱的坐骑。玄宗命左武卫大将军兼著名画家曹霸绘画，玉花骢站立在宫殿前赤墀下，昂首嘶鸣，犹如神龙。曹霸展开白绢信笔挥毫，须臾之间，一匹英姿矫健的骏马出现在画卷上。

自由行　　　　　唐代是马球运动的黄金时代，马球风潮席卷社会各阶层，达官贵人们居住的宅邸附近都有球场，驸马杨慎交、司徒李晟、户部尚书王源中分别在靖恭坊、永崇坊和太平坊内修建球场。曲江附近有月灯阁球场，文人雅集结束后经常一起去打球。马球比赛，对阵双方各由运动员十五人组成，球场两端设球门，有守门员把守。队员骑着高头大马，身穿不同颜色的窄袖袍，足蹬黑色靴，头戴皂罗幞头，左手持马缰绳，右手握偃月形球杖，威风凛凛。球场外还有乐队奏乐助兴，赶来呐喊助威的观众往往多达数千人。比赛结束后，运动员和球迷们经常去酒肆开怀畅饮。

唐朝皇帝大多是马球运动的忠实粉丝，大明宫附近就有很多球场。唐僖宗自诩为"击球状元"，唐宣宗为诸侯王在十六宅营造雍和殿，专门修建了球场，他自己每个月都要去打两三次球。唐中宗景龙三年（709），吐蕃赞普尺带珠丹派使者来长安迎娶金城公主入藏，随迎亲使团来的便有一支马球队。一连赛了几场，吐蕃队皆取胜。中宗皇帝觉得很丢面子，便命令李隆基与杨慎交、武延秀组成一支球队，他们配合默契，东西驱突，风回电激，大败吐蕃球队。

为了训练士卒，玄宗在军中推行马球运动，徐州刺史张建封常率部以马球"习战"。纵缰奔驰、挥杆击球等高难度马球动作不仅能够增强体魄，也能训练骑术和砍杀等战斗技能。然而，与现在的足球篮球一样，马球也是危险的对抗性运动，许多人在球场丧生。唐玄宗在麟德殿击球时，荣王不慎坠马，当场丧命。后来的唐穆宗与宦官击球时受到了惊吓，中风昏迷，卧床不起，终致身亡。

赏花 ‖ 天香夜染衣

令一城人疯狂的牡丹花

票根　　　　　　赏　牡　丹

刘禹锡

庭前芍药妖无格，池上芙蕖净少情。

唯有牡丹真国色，花开时节动京城。

说明　　　如果要选一种最能代表唐朝风韵的花，那一
定是牡丹，牡丹的浓艳繁彩与大唐的盛世气
象最为相宜。刘禹锡此诗写尽了唐人对牡丹的偏爱与追
捧。诗人先以其他两种花做铺垫，庭前的芍药极为艳丽，
却显得没有格调；池上的芙蓉太过清高，未免缺少风情。
这两种花，一个太俗，一个太雅，都不好。牡丹的好处，
就在于能够雅俗共赏，雅人赏它的千姿百态，俗人爱它
的妩媚风流。后人都以荣华富贵的寓意比附牡丹，其实
牡丹何曾有过这样的心思？你若是见过盛开的牡丹，一
定会被它的美所震撼。牡丹花朵硕大，朱紫绛赤，檀心

倒晕，微风吹拂，如裙裾飞扬。不同于那些枯死在枝头的花朵，牡丹往往是在盛开时凋零，片片红衣剥落，如《霓裳羽衣曲》舞至入破，开时辉煌壮美，落时惊心动魄。花的命运，不也象征着王朝的命运？从开元盛世到安史之乱，从"温泉水滑洗凝脂"到"渔阳鼙鼓动地来"，似也在转瞬之间。

仕女打卡　　　　唐代长安城街道两边种满了花卉草木，每逢阳春三月，人们倾城出动去赏花，朱雀大街上熙熙攘攘，挤满了看花人。唐代人的生活与花融为一体，才女薛涛用浣花溪的水和木芙蓉的花瓣制成信笺，人称"薛涛笺"。女子们用花朵制成花钿、胭脂、唇脂等各种护肤品、化妆品，将生活装点得花团锦簇。爱花不是女子的专利，唐代的男子也爱花，士子们春游时，经常折花戴在头上。为了还原这一盛况，今天在怀德坊与群贤坊城墙遗址上建成了"西安牡丹苑"。

唐代审美倾向于艳丽热烈的色彩，紫色、红色的牡丹最受人喜爱，一丛深红牡丹的价钱，竟达二十五匹绢，价值几万铜钱，抵得上十户中产家庭的赋税。诗人张又新在结婚时大赞白牡丹："牡丹一朵值千金，将谓从来色最深。今日满栏开似雪，一生辜负看花心。"以前总以为深色牡丹最名贵，如今看到如雪的白牡丹，才知道辜负了世间最美的花。其实，诗人是在赞美他清秀淡雅的新婚妻子正如一束玉凿冰雕的白牡丹花。

　　天授二年（691）腊月，武则天与群臣一起去御花园。深冬天寒，花园里一片萧条，毫无美景可观。武则天下了一道命令："明朝游上苑，火速报春知。花须连夜发，莫待晓风吹。"百花必须连夜开放，不得有误，违者要被连根拔起。众花神慑于武则天的逼迫，不得不冒着严寒开放了。第二天，武则天来到御花园，只见果然是花团锦簇，犹如阳春。细细查验，独独少了号称百花之王的牡丹，原来牡丹仙子不畏强权，不肯违背时节去献媚人间君主。武则天大怒，下令将御花园中几千株牡丹全部烧焚，贬出御花园，移到东都洛阳，以示惩罚。谁料洛阳水土更适宜牡丹生长，牡丹在洛阳开得更加艳丽繁盛。洛阳因此成为著名的牡丹花城，至今，每到四月，千姿百态的牡丹仍惹得熙熙攘攘的游客竞相观看。那被火烧焦的牡丹也成了一个新品种——焦骨牡丹。后来，这个故事还被清代文人李汝珍写进神话小说《镜花缘》里。

自由行　　　传说天宝年间（742—756），一个叫崔玄微的文人喜爱道术，隐居不仕，他曾带着小童子往嵩山采集仙草，一年后才回到老宅子里。春天的夜晚，他在自家小院里独坐，鼓打三更时，忽然有十余个美貌姑娘来访，她们皆袅袅婷婷、娴雅大方，各自来给崔玄微施礼，报上姓名。她们说："我们一同结伴出门，去看望封十八姨，想借您的院子休息一会儿，可以吗？"崔玄微邀请姑娘们入座，但觉满院芬芳，香气馥郁。刚坐下不久，童子来报：封十八姨来了。伴随着一阵凉风，封十八姨姿态傲慢地走进来。姑娘们赶紧起身迎接，封十八姨却对她们十分冷淡，不理不睬。姑娘们起身祝酒作歌，分为红裳人与白裳人两支队伍，先是红裳人起舞唱歌道："皎洁玉颜胜白雪，况乃当年对芳月。沉吟不敢怨春风，自叹容华暗消歇。"白裳人饮后，又向红裳人舞蹈送酒道："绛衣披拂露盈盈，淡染胭脂一朵轻。自恨红颜留不住，莫怨春风道薄情。"霎时满座舞袖翻飞，月光流照，花香袭人，如入仙境。姑娘们向封十八姨敬酒时，她却故意将酒打翻，洒在石阿措的衣裙上。石阿措气恼道："姐妹们都怕你，有求于你，可我偏不怕你。"封十八姨大发脾气，宴会不欢而散。

第二天晚上，石阿措又来拜访崔玄微，她恳求道："我们都是你院子里的花木，昨晚穿红衣的是桃花仙子，穿白衣的是李花仙子，我是石榴花仙。封十八姨是风神，每年她都要刮起大风，吹得我们零落不堪。大家都怕得罪她，昨晚歌舞劝酒讨好她，希望她能手下留情。谁料她始终不肯放过我们，请您一定要施以援手。"崔玄微说："我很想保护你们，有什么办法吗？"石阿措说："请您制一面红色旗帜，上画日月五星，二十一日起风时，立在院子东面。"崔玄微一一照办，果然二十一日刮起大风，飞沙走石，树木尽折。只有崔玄微的院子里风平浪静，未有花落。风停后的夜晚，众位花神再次来拜谢崔玄微，歌舞宴乐终宵。

一年好景君须记，四季的长安城各有独特的魅力。节日在长安人的生活中占有重要地位，它既是生活的仪式，又是情感的寄托。唐人的佳节良辰，是狂欢与诗意的交融，传统与时尚的碰撞。快乘坐这一班时空列车，在长安城寻找失落已久的民俗情怀吧。

长安水边多丽人 —— 佳节良辰

春 ‖ 天街小雨润如酥

唐诗里的春天

票根　　　　　**早春呈水部张十八员外·其一**

韩　愈

天街小雨润如酥，草色遥看近却无。

最是一年春好处，绝胜烟柳满皇都。

说明　　　唐穆宗长庆三年（823）的初春，韩愈在朱雀大街上散步，丝丝缕缕的细雨正滋润着长安的每一条街道。春草已经泛绿，近寻却了无踪迹。一年中最美好的时节，不是春深时的满城烟柳，而是景致迷离的初春。杨巨源与韩愈有着相同的感受，他在《城东早春》里说，诗人最喜爱的景致是清新的初春，那时，杨柳枝头刚刚吐露嫩芽，黄绿之色尚未均匀。如果等到京城花都开好之际，出门去看都是赏花的人，也失去了清静闲适的意趣。

韩愈寄给张籍的诗还有第二首："莫道官忙身老大，

即无年少逐春心。凭君先到江头看，柳色如今深未深。"
张籍常以官务繁忙为由来推辞韩愈的赏春之约，韩愈为
了劝说宅男出门，连发两首诗来召唤。第一首诗的感情
稍含蓄，只描绘初春细雨湿流光的景致。第二首就有些
迫不及待了：哎呀我的张水部，你莫要说当官太忙，年
纪太老，就抛弃了年轻时游春的心思，你快去看看江头
的柳色，再迟的话，一年中最美的早春就要逝去了！

　　韩愈不仅爱玩，还喜欢发动朋友们一起玩耍。某个
春日，他正和张籍一起沐浴着温煦的春风，忽而又想起
白居易了，于是写下一首《同水部张员外籍曲江春游寄
白二十二舍人》，寄给老白："漠漠轻阴晚自开，青天
白日映楼台。曲江水满花千树，有底忙时不肯来。"白
居易排行二十二，又任中书舍人，故称"白二十二舍人"。
曲江春水新绿，楼台倒映，两岸繁花千树，我的中书舍人，
你还在忙什么大事，不肯来陪我春游呢？

士子打卡　　　在唐代，春节之后、元宵之前，还有一
　　　　　　　　个重要节日——人日。传说女娲造物，
正月初一日造鸡，初二日造狗，初三日造猪，初四日造羊，
初五日造牛，初六日造马，初七日造人，因此初七为人

类的生日。"人日"也称"人七日""人胜节"。剪彩是此时必不可少的一项游戏。剪彩本是楚地风俗，又称"人胜""华胜""幡胜"。姑娘们用纸、金属薄片剪成人、花朵、虫、鸟等图案，把它贴到屏风、窗户上，或插在发髻上。人日时，人大于天，要尊敬每一个人，人们走亲访友，互送祝福，喜迎新春。皇帝在大明宫、清晖阁等处大宴群臣，恩赐彩胜。人们还用七种新鲜的节令蔬菜加米粉做成羹食用，称为"七宝羹"。

人日已经淡出现代人的生活，然而在唐代，它却是一个具有独特意蕴的节日。这一天，上自帝王将相，下至平民百姓，都纷纷走出家门，或登山寺高峰，或登楼阁高台，乐游原、终南山都是人们喜爱的去处。登高远眺，最易勾起人思念故乡与亲友的情绪，高适在人日写诗寄给杜甫："人日题诗寄草堂，遥怜故人思故乡。柳条弄色不忍见，梅花满枝空断肠……"这是高适晚年诗作中最动人的一篇，杜甫看到这首诗时十分感动，不由泪洒行间。

自由行　　韩愈是中唐时期的诗坛领袖，他的"以文为诗"为唐诗开辟了一条新道路，并直接影响了宋诗的发展。韩愈与柳宗元共同倡导的"古文运动"，在文学上，形成了以古文为主、骈文为辅的格局；在思想上，重建儒家道统，振起日渐衰微的士大夫精神，是文学界与思想界的一次大革新。苏轼在《潮州韩文公庙碑》中给予韩愈极高的评价："文起八代之衰，而道济天下之溺；忠犯人主之怒，而勇夺三军之帅。"然而，一代文豪韩愈的文章竟也曾遭到过被毁弃的厄运。

安史之乱后，藩镇割据成为一大隐患。淮西藩镇吴元济手握重兵，据地千里，威胁朝廷。唐宪宗多次下令讨伐叛贼，都无功而返。终于，元和十二年（817），在裴度统领下，将军李愬乘敌不备，率领三千勇士，趁着一夜风雪，奇袭淮西镇老巢，在蔡州活捉吴元济，这便是著名战役——"李愬雪夜入蔡州"。这一战，结束了蔡州长达五十多年的割据局面，稳定了大唐基业。裴度、李愬一战成名，成为天下人仰望的中兴重臣。韩愈也在军中任职，全程亲历了平淮西之战。宪宗皇帝要立碑纪念战绩，韩愈自是撰文的不二人选。接到圣谕后，韩愈十分慎重，为写好这篇文章，他闭关数月，苦心构思，濡染大笔，成功完成任务。勒碑之时，国人皆视为奇文，争相传诵。

然而，韩愈的碑文却令有些人恼恨。李愬的妻子是唐安公主之女，她认为碑文只突出了裴度的指挥，没有对李愬的军功大书特书，便向宪宗告状，称碑文不实。李愬的部将石忠孝更是拽倒石碑，用粗砂磨尽文字，并将碑砸成碎块。宪宗命翰林学士段文昌重新撰写碑文。按说段文昌能当上翰林学士，文章也不差，可是跟韩愈比，那可就是天壤之别了。韩愈眼见心血之作被粗暴毁弃，痛心不已。然而群众的眼睛是雪亮的，许多人都为韩愈叫屈。李商隐写下长诗《韩碑》："公之斯文若元气，先时已入人肝脾。"并说，虽然韩愈文章被毁，但他要背诵抄写一万遍，哪怕双手磨出茧子来。到了宋朝，忠实粉丝苏轼也为偶像打抱不平："淮西功业冠吾唐，吏部文章日月光。千载断碑人脍炙，不知世有段文昌。"宋代还有好事者磨去段文，重刻韩文，可见韩愈文章的魅力。

元宵节 ‖ 明月逐人来

古代的狂欢节

票根　　　　　　　　　　正月十五夜

苏味道

火树银花合，星桥铁锁开。

暗尘随马去，明月逐人来。

游伎皆秾李，行歌尽落梅。

金吾不禁夜，玉漏莫相催。

说明　　　古时最热闹的节日就是元宵节了，初唐诗人
　　　　　苏味道的《正月十五夜》生动再现了唐代元
宵夜的盛会，被称为"绝唱"。元宵节的夜晚，漫天火
树银花，城门铁索桥梁全部可以通行，街道上人潮涌动，
月光流照行人。喧嚣的坊市中，高唱着《梅花落》的歌
伎们盛装打扮，花枝招展。今晚京城取消了宵禁，计时
的漏声不要催促，元宵的时光何其珍贵，莫要匆匆流逝。

　　古代城市都有宵禁制度，日落后，居民必须返回里坊，

如果谁敢夜间出门，那就是犯夜，要受到严厉的处罚。唐代也不例外，大词人温庭筠就曾因为夜晚在街上逗留，被差役打落了牙齿。但是元宵节前后几日内，朝廷却特许取消宵禁，在正月十四日、十五日、十六日三天，开坊市门燃灯，称之为"放夜"。人们可以在街上通宵玩乐，赏灯猜谜，聚会游戏，可谓是古代的"狂欢节"了！

仕女打卡 在电视剧《大明宫词》里，十五岁的太平公主在元宵节偷偷出宫赏灯，遇见了名叫薛绍的英俊男子，从此芳心暗许。古代社会等级森严，皇室贵族与布衣平民少有见面的机会，然而在元宵节时，一切浪漫与邂逅都有可能发生，唐代诗人袁不约《长安夜游》描写上元节长安城繁华如梦的不眠之夜："凤城连夜九门通，帝女皇妃出汉宫。千乘宝莲珠箔卷，万条银烛碧纱笼。歌声缓过青楼月，香霭潜来紫陌风。长乐晓钟归骑后，遗簪堕珥满街中。"这一夜的街市上，无问贵贱，男女混处，缁素不分，不仅平民可以放纵娱乐，皇室也渴望领略民间的热闹，唐中宗就经常与韦皇后微服出行去赏花灯，或是去大臣家闲坐。

对于古时的女子来说，元宵节更具一种特殊的意义。

在这一天，她们可以毫无顾忌地上街游玩。她们乘着香车宝骑，金翠耀目，罗绮飘香，蛾儿雪柳，盈盈满目。普通百姓也得以窥见宫廷女子的如花容颜，她们佩戴的簪钗首饰会因人群拥挤掉落在路上，若是被哪个多情男子拾去，偷偷于袖中珍藏，说不定又会惹出一桩风流相思债。如张萧远《观灯》所写："宝钗骏马多遗落，依旧明朝在路傍。"后来，女子遗失首饰竟形成了一种风气，她们有意将随身小物品丢在路上，期冀被哪个有情人捡去，成就一桩好姻缘。于是有人专门在半夜收灯后提着小灯笼，去街上寻找丢失的首饰，称为"扫街"。所以你在看灯时也可稍稍留心脚下，说不定会捡到一位美丽女子留下的金钗玉环。

自由行　　想在大唐元宵节完成一场深度游，赏灯是最不容错过的一项行程。花灯种类丰富，有人物灯、花草灯、禽虫灯，还有众多造型奇特的彩灯，如琉璃球、云母屏、水晶帘、万眼罗……唐朝贵族风气奢靡，竞相制作华贵花灯以彰显自己的身份与尊荣。唐睿宗时，在安福门外做灯轮，高二十丈，五万盏灯同时点亮，锦绣满眼，犹如花树。杨贵妃的姐姐韩国夫人有巨型百枝灯树，高八十尺，如一座灯山，相隔百里还能看到耀眼的光彩。到了唐代中晚期，开始出现夜市，元宵节的活动更为丰富了。一时美人竞出，锦幛如霞，公子交驰，雕鞍似月。如今漫步在西安的大唐不夜城，仿佛行走于大唐上元夜熙熙攘攘的街头，满眼蛾儿雪柳黄金缕，让人忍不住想象，或许蓦然回首，也正有一个立于灯火阑珊处。

杂技是元宵节的重头戏，大唐皇帝都喜爱观看鱼龙百戏。武则天永昌元年（689），名为大酺的盛大宴会一连举行了七日，伴随着《太平乐》《上元乐》的鼓乐曲，数百名宫女翩然起舞，如张祜《正月十五夜灯》所写："三百内人连袖舞，一时天上著词声。"鱼龙杂戏演到最精彩处，鱼灯与龙灯在舞台上跳跃戏耍，不时烟雾缭绕，如在幻境。有时候，浪漫风趣的唐玄宗还亲自勾画白鼻子扮演丑角，与民同乐。

"谁家见月能闲坐？何处闻灯不看来？"在长安街头，各项杂技正在持续上演。驯兽师牵着犀牛、大象入场，戴竿艺人王大娘头顶长一尺八丈的竹竿纹丝不动，竿上还吊着仙山楼阁，一个小孩子手举红旗爬上了竿头，在假山上唱歌。最让人惊奇的是，王大娘还能顶着竹竿旋转跳舞，舞步与歌声完美融合。如果逛累了，就随意找个馆子坐下，吃一碗唐代的汤圆——面茧，还有粘糕、油锤、盐豉汤等多种风味小吃供你选择，最后记得再来一碗面条，寓意元宵节的喜庆整年绵绵不断。

寒食节 ‖ 寒食东风御柳斜

唐朝的休闲黄金周

票根　　　　　　　　寒　食

韩　翃

春城无处不飞花，寒食东风御柳斜。

日暮汉宫传蜡烛，轻烟散入五侯家。

说明　　　据说，寒食节起源于春秋时的晋国，晋文公

重耳为纪念被火烧死的臣子介之推，下令在

介之推的忌日禁止生火。到了唐代，寒食节与清明节合并，

成为当时最重要的节日之一。寒食节与清明节假期甚至

长达十日，可谓是唐代的休闲黄金周了。

韩翃此诗即是写寒食节"分火"的习俗。唐代宫廷

明确规定，寒食节禁烟三日，皇宫在节后赐给百官新火。

后二句颇有深意，"五侯"原指东汉桓帝时把持朝政的

五名大宦官，晚唐政治形势与东汉末年很相似，宦官权

势熏天，就连朝廷发放蜡烛的恩泽也要先传入宦官之家。

韩翃多年沉居下僚，却因这首诗意外得到高升。朝廷要选拔一名中书舍人，德宗说："韩翃可以担当此任。"恰好朝中有两个叫韩翃的，中书省不知是哪个韩翃，德宗在纸上写下《寒食》诗说："就是写'春城无处不飞花'的韩翃。"此事广为流传，成为一时佳话。

官员打卡　　寒食节正值阴雨连绵时，却不能生火煮食。为了增强体质、避免生病，唐代人在寒食节会参加体育运动，比如荡秋千、放风筝、蹴鞠、打球等，此风在宫廷与贵族间尤为兴盛。唐玄宗天宝年间（742—756），每逢寒食节，宫廷中竞相荡秋千，这也是嫔妃们最喜欢的游戏。动人的欢声笑语，伴随着裙裾飞扬，十分赏心悦目，唐玄宗赞为"半仙之戏"。宫中还有拔河比赛，宰相、驸马、将军各领一队以决输赢。

唐代人喜爱激烈、对抗性的运动，如斗牛、斗狗、斗鸡、打马球等。唐太宗观看斗鸡时，还命文士随驾赋诗，描绘雄鸡争斗的精彩场面。唐玄宗还在宫廷里设置了斗鸡坊，豢养着数千只斗鸡，五百名军士充任驯鸡手，每逢寒食时，就举行盛大的斗鸡比赛。

如果没有机会参加宫廷贵族的活动，那也无妨，你还可以选择去民间走一趟，了解丰富多彩的风俗人情。长安城里，郊游、放风筝是必不可少的活动。人们相约来到渭水之滨踏青，有乘轿子的，有骑马的，也有步行的，熙熙攘攘，人数以万计。水畔杨柳青青，碧草茵茵，人们将柳条编成的圈戴在头上，或是将柳条插在屋檐下。人们相信，在寒食时放风筝，可以放走一年的晦气与霉运，祈福消灾。

寒食节美食也独具风味，家家都做寒食粥、寒食面、寒食浆、青粳饭，供品有面燕、枣饼、细稞，饮品有春酒、新茶，甜点有杏酪、冬凌、乾粥、饧糖，还有桃花制成的桃花粥。"桃之夭夭，灼灼其华"，桃花不仅可入膳，还可治病，一碗桃花粥，是寒食节里最富有诗意的食物。

自由行　　唐德宗贞元年间（785—805），博陵举子崔护来到长安考进士，没有被录取，心情颇为苦闷。寒食清明时，他独自一人来到长安城南游玩，但见一丛桃花林郁郁葱葱，掩映着一处幽静的庄园。崔护轻轻敲门道："我是进京赶考的书生，偶来此地春游，想求一碗水喝。"一位姑娘打开门，给他端来一碗水后，便倚树而立，灼灼桃花映衬着姑娘的美丽容颜，崔护不禁看呆了，姑娘见状羞红了脸。崔护赶紧低头喝水，起身告辞时，姑娘送至门口，两人又悄悄对视，相互道别。

第二年清明节，崔护对姑娘思念不已，又寻到那户人家。可是房门紧锁，无人应答，崔护十分惆怅，在柴扉上题写了一首绝句："去年今日此门中，人面桃花相映红。人面不知何处去，桃花依旧笑春风。"临走时，他还在柴扉上留下自己的名字。过了一段日子，崔护放心不下，又来到庄园外探视，听见屋内有哭声传来，崔护敲门询问，一个满脸泪痕的老翁迎出来，竟开口便问："你是崔护吗？"崔护忙应声："在下便是崔护。"老翁捶胸大哭道："就是你害死了我的女儿啊！"原来姑娘自幼饱读诗书，那日初见后，姑娘也对举止儒雅的崔护心存倾慕。看到崔护的题诗，她精神恍惚，日夜哭泣，相思成疾，如今躺在床上昏迷不醒，如同死人一般。崔护哭道："我是崔护！崔护就在这儿啊！"姑娘居然悠悠醒转，看到崔护就在身边，疾病顿时好了大半，没过几日就痊愈了。老翁便将心爱的女儿许配给了崔护，有情人终成眷属。后来崔护考上了进士，夫妻恩爱，相伴终生。

上巳节 ‖ 三月三日天气新

春日大型踏青郊游活动

票根　　　　　　丽　人　行

杜　甫

三月三日天气新，长安水边多丽人。

态浓意远淑且真，肌理细腻骨肉匀。

绣罗衣裳照暮春，蹙金孔雀银麒麟。

头上何所有？翠微盍叶垂鬓唇。

背后何所见？珠压腰衱稳称身。

就中云幕椒房亲，赐名大国虢与秦。

紫驼之峰出翠釜，水精之盘行素鳞。

犀箸厌饫久未下，鸾刀缕切空纷纶。

黄门飞鞚不动尘，御厨络绎送八珍。

箫鼓哀吟感鬼神，宾从杂遝实要津。

后来鞍马何逡巡，当轩下马入锦茵。

杨花雪落覆白苹，青鸟飞去衔红巾。

炙手可热势绝伦，慎莫近前丞相嗔！

说明　　　上巳节是一个历史悠久的传统节日，在古人的文化生活中占据重要地位。魏晋时著名的兰亭雅集就是在上巳时。暮春之初，王羲之等文士在崇山峻岭、茂林修竹间进行"修禊"，在游宴嬉戏中释放自我，祛除烦恼，放下心灵的负担。唐代时，上巳节作为三令节之一，备受帝王重视。皇帝拨专款用以赐宴和置办彩舟，百官于曲江亭宴会后，乘画船赏景，船上不仅有美酒佳肴，更有歌姬舞女助兴。

开元天宝年间（713—756），每逢三月三日上巳节，皇室率领群臣在曲江池举行盛大的修禊游赏活动，杜甫这首《丽人行》即写于天宝十二载（753）的上巳节。当时杨贵妃正得宠，她的三个堂姐也分别被封为虢国夫人、韩国夫人和秦国夫人。她们一同盛装打扮，带着宾从侍卫，乘着香车宝马，浩浩荡荡来到曲江游玩。丽人们的装饰是绣罗衣裳、蹙金孔雀，饮食是驼峰素鳞、山珍海味。权势熏天的贵族占据了曲江，百姓不得靠近，如此便失去上巳节"与民同乐"的意义。因此杜甫愤慨地说，吾等小民切莫近前，以免受到丞相的处罚。

仕女打卡　　　　长安之春，最让人流连忘返，上巳时更是热闹非凡，女子们群聚水滨以祈福，实际上是一种游春活动。唐代社会受胡风影响，风气较为开放，女子们也敢于展现自身的美丽。她们穿着凸显曼妙身材的袒领襦裙，骑着高头大马，神采飞扬地去踏青游乐。行至郊野时，设探春之宴。路旁游客纷纭，说是看景，其实更是看人，既可以欣赏初春美景，又能借机欣赏女子们的风姿容颜。

上巳节还有一项专属于女子的习俗，即"湔裙"。女子们相约去水边酹酒洗衣，后来演变成只将裙裳稍浸水中，沾湿衣摆，以祈求避灾度厄，或说是为了祈祷多子多福。窈窕淑女，立于水滨，笑语盈盈，暗香袭人。陌上风光满眼，绮罗凤钗映衬着石榴红裙，无不令人领略到春天的旖旎多情与女子的仪态万方。

唐诗里的春天，有着旦晚才脱笔砚的新鲜。翻开一卷卷唐诗，仿佛能看到衣着明丽的女子，乘着流苏油壁车，碾过紫陌红尘和胭脂色的桃花，笑语嫣然地行走在曲江池畔。唐代的长安，气候温暖湿润，比现代更加宜居。每逢春季，人们竞相出门踏青赏花，感受从骨子里萌生的春意。如今，不如追随着唐代人的脚步，去踏青赏花，领略"穿花蛱蝶深深见，点水蜻蜓款款飞"的春之意趣吧。

自由行　　　　　如果你擅长吟诗作对，那在唐代上巳节便可以大显身手了。上巳节，文人的游戏为"流觞曲水"，名字很雅致，玩法更有趣。众人宴饮时列坐于水渠两边，在上流放置酒杯，酒杯两侧有半月形双耳，如同鸟的双翼一样，因此称为"羽觞"。酒杯顺流而下，流至谁处，谁就要取杯饮酒，并赋诗一首。这种即兴作诗的环节是很考验诗人的灵敏度与反应能力的，只有具备曹植那般"七步成诗"的敏捷才智，方能从容不迫，避免吟不成句、被迫罚酒的窘境。不过，熟读唐诗三百首，不会作诗也会吟。多背些唐诗，应付一下"流觞曲水"，想来也不成问题。

如果你不喜欢端坐赋诗，更喜欢活泼有趣的体育运动，那么推荐你去参加上巳竞渡活动。张祜的《上巳乐》写道："猩猩血彩系头标，天上齐声举画桡。"正是描写女子参与竞渡的热闹场面，罗袖裙带纷飞，波涛水花四溅，令人赏心悦目。薛逢《观竞渡》写道："鼓声三下红旗开，两龙跃出浮水来。棹影斡波飞万剑，鼓声劈浪鸣千雷。"描写竞渡健儿的英姿飒爽，鼓声如雷，两条龙舟齐发，两岸观众高呼喝彩，场面十分宏大。在竞渡中夺得头彩后，还可以去弋射投石场逛逛。上巳节在古代又被称为"赐射节"，就是因为有射箭投石的习俗，唐代时这种风气更为兴盛，朝廷还会对射箭出色者赐予马、绫、布帛等珍贵奖品。相信你定能满载而归！

夏 ‖ 水晶帘动微风起

唐代人的消夏方式

票根　　　　　　山亭夏日

高　骈

绿树阴浓夏日长，楼台倒影入池塘。

水晶帘动微风起，满架蔷薇一院香。

说明　　这首绝句将夏日时光描绘得静谧美好，令人
神往。夏日午后，在树荫如盖的山亭闲坐，
亭台楼阁的倒影映入碧绿的池塘。微风轻轻吹动水晶帘，
蔷薇花的芬芳飘满小院。诗情温柔细腻，十分动人。然而
对于作者高骈来说，做诗人只是兼职，他的主业是做将军。

　　高骈早年在禁军任职，一天，他见有两只雕在天上并
飞，就说："我如日后能建功立业，便能射中。"一箭射去，
贯穿两雕，众人大惊，称他为"落雕侍御"。年轻时的
高骈不乏胆气谋略。任剑南节度观察使时，南诏入侵西川，
掠夺成都，高骈来到剑门，下令开城，听凭民众自由出入。

左右纷纷劝道："万一贼寇乘机抢掠，城中必然大乱。"高骈说："我曾在安南击破贼寇三十万，南诏君主必不敢来。"南诏军见高骈治军整肃，又城门大开，认为城内必定有重兵设防，竟不敢进城。后来，高骈镇守淮南，多次重创黄巢起义军，战功赫赫，深受朝廷倚重。唐僖宗任命他为诸道行营兵马都统，封渤海郡王。然而，后来发生的事却令人遗憾。信州战役中，部将张璘阵亡后，高骈竟然害起胆小病，躲在扬州不敢出战，致使黄巢顺利渡江，两京失守。黄巢之乱平定后，高骈兵权被削，开始消沉堕落，装神弄鬼，几近痴癫。他重用术士吕用之、张守一，致使上下离心，怨声载道，最后被部将毕师铎杀死。高骈本来可以成为拯救大唐的英雄，却一路高开低走，沦为懦弱的失败者，《新唐书》还将他列入《叛臣列传》。

士子打卡　　唐玄宗曾造一座凉殿，水激扇车，凉风四起，坐在殿里，暑热顿消。五代时花蕊夫人的宫殿里搭建了自雨亭，水车把水提到高处，从亭子上洒下，花蕊夫人《宫词》写到了夜晚听水声的乐趣："水车踏水上宫城，寝殿檐头滴滴鸣。"白居易被贬江州时，在山下造了一间草堂，他用剖开的竹筒远接山崖，一直延伸到屋檐，崖上的泉水从檐头流泻而下，一个简易自雨亭就搭建成了。青山隐隐，簟纹如水。坐在亭子里，看洒砌飞泉，拂窗斜竹，脉分线悬，累累如贯珠，霏微如雨露，既能吹凉风，又可以赏景，天然环保，比现代的空调房还要舒适。唐代人的消夏方式充满诗意。傍晚搬一张藤床去水亭追凉，铺上竹席，摆上瓷枕，记得带上画着折枝花的小屏风放在床头，可以挡风，避免头部着凉。女孩子们可以步月寻花，收集花瓣上的露珠，制作口脂与香料。

夏日赏荷也是一大乐事。晚唐诗人陆龟蒙偏爱白莲花，他笔下的白莲犹如一位遗世独立的佳人，"无情有恨何人觉？月晓风清欲堕时"。月光下的莲花美得令人心醉。人们大多喜爱盛开的荷花，李商隐却对残荷情有独钟，"秋阴不散霜飞晚，留得枯荷听雨声"。枯萎的荷叶，给人以物哀之美感。如今西安的广仁寺、世博园、大唐芙蓉园、大明宫太液池、浐灞湿地公园都有大片的荷田。天色泛青、波光潋滟时，泛舟湖上，看碧叶随风而动，雨为裳，水为佩。风吹过袖口，盛开如莲。一枚清圆的露珠自荷叶抖落，一份遥远的诗意裹挟着淡雅的馨香，泻入胸怀间。

自由行　　　　如果想去长安郊外走走，推荐你去鄠邑区的渼陂湖一日游。渼陂湖位于终南山，两岸青山苍翠，水清如镜，可以泛舟湖上，可以漫步山脚，是盛夏郊游的好去处。唐玄宗天宝十三载（754），岑参邀请杜甫一起游渼陂，他们泛舟游湖，兴致颇高，傍晚才点着火把归来。杜甫此时已困居长安多年，生活潦倒，连妻儿都难以养活，平常很少有出城游玩的机会，他感慨道："岑参兄弟皆好奇，携我远来游渼陂。天地黯惨忽异色，波涛万顷堆琉璃。"渼陂之行是杜甫寓居长安期间的美好记忆，很多年后，他还在《秋兴八首》里写道："昆吾御宿自逶迤，紫阁峰阴入渼陂。"渼陂湖上建有纪念杜甫的空翠堂，名字正是取自《渼陂行》里的"丝管啁啾空翠来"。

渼陂湖因水质美与鱼味而得名"渼陂"。湖中物产丰富，盛产莲、菱、凫雁，鱼类众多，最著名的还是特色鱼，据说渼陂鱼身长如剑，红色鳞片，味道很美（还有治疗痔疮的功效）。唐敬宗宝历二年（826），朝廷下令渼陂鱼由"尚食使"收管，供朝廷享用。百姓可以抽水灌溉，但不能随意捕鱼。北宋大诗人苏轼品尝过渼陂鱼后，赞叹道："紫荇穿腮气惨凄，红鳞照坐光磨闪。"东坡先生不愧是美食家，将一道蒸鱼描绘得色香味俱全。

　　渼陂周边也有不少历史遗迹，温庭筠、郑谷和韦庄在渼陂附近建有别业。白居易曾在此读书，至今留有巢阁。渼陂上游有白沙泉、胡公泉、锦绣沟，以及为纪念刘海建的玉蟾台。明代大儒王心敬为发扬其老师李二曲的学问，还在此创建了二曲书院。还有许多名人陵墓，如王季陵、九女冢、娄敬墓、王九思墓。逛完了渼陂，还可以顺道去秦镇，来份消夏三宝——冰峰、米皮、肉夹馍，倍儿爽！

七夕节 ‖ 银烛秋光冷画屏

古代女子的专属佳节

票根　　　　　　　　　秋　夕

杜　牧

银烛秋光冷画屏，轻罗小扇扑流萤。

天阶夜色凉如水，卧看牵牛织女星。

说明　　　　杜牧此诗描绘七夕佳节的夜晚情景，烛光与
　　　　　　月光交映在画屏上，女子手持轻罗小扇扑打
着发光的萤火虫，夜晚的凉意渐渐袭来，女子躺在纳凉
的竹床上，凝望着银河中的繁星，想象着牛郎与织女正
踏着鹊桥，迎接着一年一度的相会。

　　七夕节又称女儿节，在民间，家家户户都在院子里摆
桌，陈设瓜果酒食，姑娘们相聚在瓜果架下，祭拜牵牛
织女双星，等待着鹊桥相会。她们要在月下拿线去穿针眼，
穿得进去，就是乞得了巧；或者备一把剪刀在枕头底下，
等待月华穗儿从月光中垂下来，想象着把月华穗儿剪下

来，缝在荷包上，就能像织女一样心灵手巧，来日也会有一桩好姻缘。牛郎织女虽然遥隔银河，却能两心坚守如一。两情若是久长时，又岂在朝朝暮暮。七夕节被古人赋予思念与相守的意蕴，寄寓了对美好爱情的向往。西安的昆明池的"石爷"和"石婆"象征着牛郎、织女，昆丽池因此被称作"七夕公园"。

仕女打卡　　七夕是古代女子的专属佳节。在宫里，嫔妃们登上用锦缎装饰的楼殿，此楼称为乞巧楼，高达百尺，陈列着琳琅满目的贡品。如王建《宫词》所写："每年宫里穿针夜，敕赐诸亲乞巧楼。"嫔妃们各自备着九孔针和五色线，大展女红技艺。皇帝饶有兴致地来观看，夺得头筹者还能得到皇帝的青睐与宠爱。宫廷中还盛行晒书曝衣的习俗，此时天气干燥，晾晒衣服与藏书可以防止虫蛀与发霉。如沈佺期《七夕曝衣篇》所描绘："曝衣何许曛半黄，宫中彩女提玉箱。"宫女们纷纷拿出压箱底的四季衣裳晾晒，彩衣五彩斑斓，迎风招展，煞是好看。此外，这一天梨园还奏响清商曲，宴会通宵达旦。

　　天宝十载（751）的七夕夜，陷入热恋的唐玄宗与杨贵妃一起在长生殿前盟誓："在天愿作比翼鸟，在地愿为连理枝。"谁料四年后，安史之乱爆发，唐玄宗带着杨贵妃仓皇奔至马嵬驿，愤怒的士兵不肯前行，要处死祸国殃民的丞相杨国忠与杨氏家族，杨贵妃被迫自缢，唐玄宗到底是辜负了长生殿前"比翼连枝"的誓言。唐玄宗与杨贵妃的爱情故事，因和唐王朝的兴衰结合在一起，在后世文人的演绎下融入了无穷的历史意蕴。如唐代白居易《长恨歌》与陈鸿《长恨歌传》，五代时王仁裕《开元天宝遗事》，至清代还有洪昇《长生殿》，可见这场盛世恋情在人们心中留下的深刻印记。后人出于对盛唐的向往与怀念，不愿美人惨死黄土，或推测杨贵妃并没有死在马嵬驿，而是东渡日本安度余生，至今日本许多地方还留有关于杨贵妃的遗址。

自由行　　　关于爱情主题，杜牧这位风流才子的一则传说故事颇令人叹惋。杜牧出身书香显宦世家，才华横溢，潇洒倜傥，风度翩翩，是个出了名的风流才子。大和九年（835），杜牧听闻湖州风景秀丽，自古出美女，便去游玩。傍晚人潮将散时，一个妇女领着十二岁的女儿经过，小女孩身量方小，形容未足，却出落得楚楚动人，杜牧十分喜爱她，认为满城的女子都不及她。可是姑娘现在年纪太小，无法求亲，杜牧便和姑娘的母亲约定道："请姑娘等我十年，十年后我必来迎娶。"并送了一箱珍贵的绢帛作为聘礼。

后来，杜牧仕途坎坷，多次改官。或许是多喝了几年酒，多赏了几年花，等他终于重回湖州担任刺史时，已过了十四年。杜牧到任后的第一件事，就是寻找当年的姑娘，却得知她已经出嫁三年，并生了两个孩子，他嗟叹不已，写下一首《叹花》诗："自是寻春去较迟，不须惆怅怨芳时。狂风落尽深红色，绿叶成阴子满枝。"春光逝去，旧约已过，心仪的姑娘嫁人，繁花落尽，绿叶成荫，只能感叹一句寻春来迟了。

秋 ‖ 南山与秋色

长安的秋，亦如名花美酒

票根　　　　　　　　**长安晚秋**

赵嘏

云物凄清拂曙流，汉家宫阙动高秋。

残星几点雁横塞，长笛一声人倚楼。

紫艳半开篱菊静，红衣落尽渚莲愁。

鲈鱼正美不归去，空戴南冠学楚囚。

说明　　　　唐代诗人的雅号很有趣味，比如陈子昂号"诗骨"，王维号"诗佛"，白居易号"诗魔"，刘禹锡号"诗豪"。还有一些诗人因名句获得别号，郑谷以《鹧鸪诗》闻名，人称"郑鹧鸪"，崔珏因《鸳鸯诗》得名"崔鸳鸯"。杜牧读到赵嘏的"残星几点雁横塞，长笛一声人倚楼"，反复咏叹，十分喜爱，便送给赵嘏一个雅号"赵倚楼"。

破晓时，凄清的云雾在缓缓飘荡，长安城宫阙笼罩着深沉的秋意。天边只有几点残星，雁群正向南飞。有人在高楼上斜倚栏杆，吹响玉笛。竹篱旁紫色菊花半开半闭，一片宁静。莲花瓣瓣凋零如红衣，令人忧愁。末联"鲈鱼"化用西晋人张翰的典故。张翰在京城做官，深秋时忽然想起故乡吴江的鲈鱼来，叹道："人生贵得适意尔，何能羁宦数千里以要名爵？"便辞官归乡了。"南冠"与"楚囚"是春秋时《左传》中的典故。楚国人钟仪被俘虏到晋国，身陷牢狱中，依然身穿南方冠服，弹奏着故乡的琴曲。赵嘏也是江南人，他羁旅长安多年，进士不第，出入豪门求取功名，饱经人世冷暖。秋风乍起时，他也如张翰一样怀念起故乡的风土人情来，因而自问道：此时鲈鱼正美，莼菜正鲜，远行的人，你为何还不归去呢？秋天总能触动人们心底的思乡情怀，狐死首丘，代马依风。无论是哪个时代的人，对故乡的眷念都是融在血脉中的。

士子打卡　　月亮是中国诗歌的一个母题，积淀着民族文化心理的原始意象。唐诗中的月亮，永远是诗人们的老朋友，它曾照着王维独坐幽篁的抚琴身影，曾与诗仙李白花下对酌、歌舞徘徊，也曾陪伴杜甫度过许多个不眠的夜晚……无论何时，月亮总能给人们以心灵的慰藉。

秋日佳节，无过中秋。中秋节正是兴起于唐。唐玄宗开元年间（713—741），诗人们竞相以八月十五赏月唱和活动为乐趣。玄宗喜爱道教，中秋节与道家传说密切相关。据《开元天宝遗事》记载，苏颋与李乂执掌文书诰命，八月十五日夜，他们都留在禁中值班，诸位翰林学士一同玩月，备文酒之宴。长天无云，月色如昼，苏颋说："清光可爱，何用灯烛？"便把灯盏全部撤去。学士们赏月赋诗，其乐融融。玄宗与贵妃来到太液池凭栏望月，而月亮被建筑物遮挡，玄宗赏月不尽兴，便命令随从在西岸建百尺高台，名为望月台，以便来年与贵妃登台望月。岂料安史之乱爆发，望月台来不及营建，只留下一块基址。

自由行　　西安鼓楼上有二十四面鼓，对应二十四节气。每逢节气来临，擂响对应的鼓，声闻城外。从秋天走到冬天，依次需要经过立秋、处暑、白露、秋分、寒露、霜降。不在长安度过一次秋天，便无法领略到真正的古都韵味。长安的秋亦如名花美酒，令人陶然沉醉。欣赏长安的秋景，最好的去处就是终南山。长安四季之山色各不相同，"春山淡冶而如笑，夏山苍翠而欲滴，秋山明净而如妆，冬山惨淡而如睡"。一丛带霜的秋树里楼台高耸，天空像一面纤尘不染的镜子。寥廓的秋色和苍茫的南山气势相较，难分高低。爽朗而明净的天地间流转着一股清霜，干燥温和的阳光中有草木枯荣之芬芳。

深秋时，不可不看银杏树，金黄的叶子在阳光照耀下轻灵如羽、透明如风，静静收拢着一生的美丽瞬间，在满山落叶中慢慢合起疲倦的睡眼，似乎等待一棵树的消息，如等待一位故人的天涯回归。默默在心底说一个名字，就像是发了一份邀请：来吧，到长安来，到南山来，到秋天最深处来……

如今，在西安赏银杏的去处有很多，汉阳陵有一大片银杏林，开创"文景之治"的汉景帝刘启在此长眠。终南山下观音禅寺的一棵古银杏树，是唐太宗李世民亲手栽种的，每到秋天，整个西安似乎都在等待它的消息。一棵金黄璀璨的千年古树，一位树下禅定的僧人，缭绕的烟雾、空灵的钟磬，仿佛能穿越时空，与古老的长安悠然相逢。

重阳节 ‖ 献寿菊传杯

今日宜登塔赋诗

票根 九月九日上幸慈恩寺登浮图群臣上菊花寿酒

上官婉儿

帝里重阳节，香园万乘来。

却邪茰入佩，献寿菊传杯。

塔类承天涌，门疑待佛开。

睿词悬日月，长得仰昭回。

说明 唐代官方认定三个重要节日为"三令节"，

即农历二月一日中和节、三月三日上巳节、
九月九日重阳节。在唐代人心目中，九九重阳是难得的
良辰吉日，武则天登基、改国号为周都选在这天。唐代
过重阳节的风俗是"秋登慈恩浮图，献菊花酒称寿"，
登高是必不可少的活动。秋高气爽，晴空一鹤，霜林尽染，
从大雁塔俯瞰长安城，顿觉心胸开阔，山川形胜，一一
在眼。

景龙二年（708）重阳节，在雨后清新的空气里，唐中宗李显带领群臣登上大雁塔，群臣依次向皇帝进献菊花酒。上官婉儿这首五言律诗即为祝酒所写。颔联"却邪萸入佩，献寿菊传杯"，指重阳节饮菊花酒与佩戴茱萸的习俗，茱萸和菊花是重阳的象征，古人认为佩戴茱萸可以避恶祛寒，而菊花酒不仅香醇味美，还可以延年益寿。孟浩然在朋友家饮菊花酒后，意犹未尽地说："待到重阳日，还来就菊花。"

帝王打卡　　唐代帝王大都是文学爱好者，他们经常在宫廷中举办文学沙龙，还亲自担任唱和活动的主持人，因此宫廷文学一派繁荣。唐中宗专门设立了修文馆，负责编撰图书、整理典籍、文学创作。武则天当朝时，文人群体众多。张说、刘知几、徐彦伯等学士四十七人修《三教珠英》，号称"珠英学士"。卢藏用、陈子昂、司马承祯、释怀一等人号称"方外十友"。沈佺期、宋之问合称为"沈宋"，两人对律诗的定型做出了重要贡献。可以说，没有初唐文人对诗歌艺术的探索，就没有盛唐文学的辉煌成就。

初唐诗人群体里，最负盛名的要数"文章四友"：

杜审言、李峤、崔融、苏味道。杜审言是杜甫的祖父，杜甫的诗法有不少就得于杜审言。苏味道的后裔正是大名鼎鼎的苏洵、苏轼、苏辙父子。崔融担任崇文馆学士，朝廷章奏都由他来起草。李峤处事干练，见义勇为，曾受命抚谕叛军，为狄仁杰申冤，官至吏部尚书、中书令，封赵国公。天宝末年，垂垂老矣的玄宗登上花萼相辉楼，听到梨园弟子歌《汾阴行》："山川满目泪沾衣，富贵荣华能几时。不见只今汾水上，唯有年年秋雁飞。"他不禁潸然泪下，问道："这是谁写的诗？"随从说是武则天时期的宰相李峤，玄宗叹道："李峤真才子！"不忍听完乐曲就离去了。

自由行　　　　上官婉儿是唐代著名的女诗人，又有"巾帼宰相"之称，她的一生跌宕起伏，颇具传奇性。传说上官婉儿母亲怀孕的时候，梦见一位仙人手持一杆大秤对她说："持此秤者可称量天下。"后来，武则天命上官婉儿掌管宫廷章奏制诰，果然担任了称量天下才士的角色。武则天曾命群官赋诗，先写成者赐以锦袍，由婉儿主持并裁定优劣。左史东方虬首先写好，他刚把锦袍披上，宋之问的诗就写好了，婉儿看后认为宋诗文理兼美，更胜一筹。武则天于是命人夺下东方虬的锦袍，转赐给宋之问。

唐中宗同样爱好风雅，他命令群臣写诗，让上官婉儿高坐彩楼上，负责挑选出最好的诗篇。群臣立于楼下等待，没有选中的诗作被上官婉儿从楼上一页页扔下，如雪花飞舞，最后只剩下沈佺期与宋之问两人的诗作。沈、宋二人才华相当，群臣料是上官婉儿难以抉择。一张纸片忽而飘落，大家捡起一看，是沈佺期的诗作。沈佺期不服，婉儿解释道："沈宋两人功力相当，但是沈诗的结句'微臣雕朽质，羞睹豫章材'不免才力衰竭。而宋诗的结句'不愁明月尽，自有夜珠来'陡然健举，如飞鸟鼓翼直上，气势犹在。相比之下，宋诗更有言外之味、弦外之响。"群臣皆心服口服。

冬 ‖ 积雪浮云端

西安与长安，只有一场雪的距离

票根　　　　　　　　**终南望余雪**

祖　咏

终南阴岭秀，积雪浮云端。

林表明霁色，城中增暮寒。

说明　　　唐玄宗开元十二年（724），祖咏到长安参加
　　　　　　进士科考试，诗题为《终南望余雪》。这个
富有诗意的题目适宜诗人发挥才思，祖咏挥笔而就，从
容交卷。主考官一看大跌眼镜，祖咏只写了四句，而按
照规定，应写成六韵十二句的五言排律。考官问祖咏为
何不把诗写完，祖咏很潇洒地说了两个字："意尽。"
他认为诗歌的意境已经完备，再写便是画蛇添足。

　　幸好主考官也不是墨守成规的人，他反复吟咏祖咏
的诗作，感到意境十分优美。终南山多么秀美，山峰高
耸入云，从长安远远眺望，山顶积雪似乎浮在云端。黄

昏时大雪放晴，清浅的阳光点染在树梢，暮色降临，城中更加了几分寒意。末句尤为妙不可言。主考官认为如此有才华、有胆识的士子不可被埋没，于是破格录用了祖咏。然而，祖咏在中进士后并未得官，却如好友王维一样选择了隐居，与卢象、储光羲、丘为、王翰为诗友，在山林间以渔樵耕读为业。

进士打卡　　　　唐代科举难度很大。为了顺利踏上仕途，唐代文人要经常干谒权贵，主动传播自己的作品。首先要投递"名刺"或"门状"，也就是个人名片。有"唐朝第一奸臣"之称的卢杞年轻时就颇为急功近利，为了四处干谒权贵，他竟随身带了三百张名刺，被人嘲笑为"名利奴"。"行卷"也是科考前的重要程序，举子们为了增加及第的胜算，纷纷将平日的得意诗文编辑整理出来，呈送给文坛领袖或达官显宦，以期获得赏识与推荐。"行卷"之后，若担心被遗忘，还可隔日再呈书信诗文，用以提醒受卷人，是为"温卷"。

当然，也有不走寻常路的考生。初唐大诗人陈子昂旅居京师 10 年却默默无闻。东市有商人卖胡琴，将在个人演奏会上弹奏此名琴。第二日，众人纷纷赶来围观，谁料陈子昂竟当场把琴摔碎，对众人说道："我陈子昂有奇文百轴，十年来奔走京城却无人问津，反倒不如这一把胡琴！"接着便把诗文分赠给诸人，如此便产生了社会轰动效应，陈子昂立时成为长安城的名人，坊市间争相传阅他的诗章。此后不久陈子昂便顺利考取了国子监。

在没有暖气空调的古代，古人是如何过冬的？"大寒宜近火，无事莫开门。"普通人家有火炕、壁炉，烧炭取暖。

自由行 西汉时皇后所居称"椒房殿"。花椒香味郁烈，而且性温，其花朵或果实捣碎涂在墙壁上可使人感觉到温暖。大明宫有"温室殿"，与"浴堂殿"相邻，里面有各种取暖设备，天冷了皇帝就住进温室殿处理政务。唐代人还设计了熏笼、手炉、汤婆子等小型取暖用具。武则天时期，出现了一种迷你取暖神器，名"卧褥香炉"，将香球与火炉合为一体，放在被子里，既可取暖，又能熏香。

当大雪以漫天卷地之势来到西安城，隐去钢筋水泥，只余下城墙的轮廓，便足以把西安带回千年前的长安。雪是雨之魂、水之灵，它给人诗意，赋人以情怀，可以是"大雪纷纷何所似，撒盐空中差可拟，未若柳絮因风起"的雅趣与恬淡，也无妨"天地一笼统，井上黑窟窿。黑狗身上白，白狗身上肿"的谐趣与活泼。所谓春看花，夏看树，秋看叶，冬看雪，西安的城墙、大雁塔、钟鼓楼、骊山，都是赏雪的好去处。登上城楼，眺望琼枝玉树，苍山负雪，亦足以发思古幽情。

冬至 ‖ 冬至阳生春又来

冬至祭天大典即将开始

票根　　　　　　小　至

杜　甫

天时人事日相催，冬至阳生春又来。

刺绣五纹添弱线，吹葭六琯动浮灰。

岸容待腊将舒柳，山意冲寒欲放梅。

云物不殊乡国异，教儿且覆掌中杯。

说明　　　冬，是四季之终，也是万物收藏之时。这首
诗写于大历元年（766），"小至"即为冬至。
安史之乱后，唐王朝一直没有恢复元气，杜甫也流落在
夔州，到了严冬，他的生活愈发困顿潦倒了。然而到了
冬至这一日，忽觉阳气萌动，柳芽将舒展沁人的青绿，
山意霏霏，也将吐露出蜡梅的馨香，绣花女工开始添五
彩线了，律管里的葭孚灰悄悄飞散，这一切都预示着寒
冷的冬天即将结束，而唐王朝的春天不知何时回转。一

年年的时光里，柳枝青了又黄，黄了又青，变换的只是人的心境，国事既不可预料，不如且尽杯中酒吧。

杜甫的青少年正值"稻米流脂粟米白，公私仓廪俱丰实"的开元盛世，年轻的杜甫曾意气风发地说："读书破万卷，下笔如有神。"大唐全盛时明君贤臣、国富民安的美好政治图景给杜甫留下了不可磨灭的美好记忆，然而盛世之下潜藏着危机，安史之乱爆发后，杜甫开始了动荡漂泊的生活，但是他仍然相信唐朝的衰落是短暂的，只要君臣励精图治、上下一心，就能重现王朝的辉煌。盛唐的歌手们此时早已偃旗息鼓，王维半官半隐于终南山，不再热心政治；高适仕途通达，做了高官，愤青已成老滑头；只有杜甫还怀着"致君尧舜上，再使风俗淳"的盛世理想，可以说他是对盛唐时期的长安最眷恋的一位诗人了。

官员打卡　　古人认为冬至是二十四节气中重要的一个节气，唐代时，冬至与新年、寒食并称为三大节。唐人把冬至称为"小岁"或"亚岁"，冬至时要守夜。唐代人认为冬至是一年的起点，它的意义类同除夕。每逢冬至，政府各部门都要放假七天，甚至奴婢都有三天假。各个藩国州县都要向皇帝进奉贡物，朝廷颁布大赦天下的公文，皇帝厚赐臣子，大宴群臣。

冬至时的祭天大典被称为国之大典，皇帝祭天于圜丘。唐长安城圜丘是在隋代旧址上改建并沿用的，在隋唐两代共使用了三百多年，遗址在今西安市雁塔区陕西师范大学南面，西安天坛遗址公园内。冬至祭天有一套严格的礼仪制度。朝会时，如果官员出现差错，违反了仪式的规定，就要鞭笞四十。祭天之前要斋戒，上到天子，下至臣子，均有一套严格的舆服制度。冬至祭天时，皇帝乘青色的玉辂，穿大裘冕，不戴旒；祭祀回来，就要换乘赤色的金辂，戴通天冠。礼仪奏乐也有严格的讲究，王公大臣拜见时奏《舒和乐》，皇帝举酒时奏《昭和乐》，皇帝用膳时奏《休和乐》；祭祀的乐章有文舞与武舞，文舞有"庆善乐"，武舞有"破阵乐"，阵势十分壮观。

自由行　　古人对于饮食有一种仪式感，孔子说："不时，不食。"意思是不要吃违背节令的食物，不违农时，对自然保持着敬畏之心。节令食物往往被赋予深刻的文化意蕴。如唐人过冬至要吃馄饨，此时新旧交替，阴阳更迭，如宇宙的混沌状态，食馄饨就具有开天辟地的古老寓意。

　　唐代人不仅爱吃，而且吃得有内涵，形成了独具特色的饮食文化。每逢春夏之交，樱桃嫩红，春笋白嫩，为了享用美食，长安城里特设雅宴"樱笋厨"。立夏时新茶初生，家家互送采摘的茶叶。天气闷热时，饮一杯新鲜的清茶，不仅清喉润嗓，还可提神养性，使人身心舒畅。七夕时瓜果丰收，用清凉的井水浸泡甜瓜，足以消暑。重阳节秋高气爽，天地清明，菊花茱萸正当时，二三友人相约在东篱或山脚，饮茱萸酒，吃菊花糕，清火祛烦，十分美味。到了中秋节，趁着莲叶田田、莲藕如玉，可以用桂圆、莲子、藕粉熬一碗玩月羹。到了元日，天寒地冻大雪纷飞，取出一坛椒柏酒或屠苏酒，三杯饮下，身心俱暖，其乐融融。

除夕 ‖ 迎送一宵中

唐代人是如何欢度除夕的

票根　　　　　　　　守　岁

李世民

暮景斜芳殿，年华丽绮宫。

寒辞去冬雪，暖带入春风。

阶馥舒梅素，盘花卷烛红。

共欢新故岁，迎送一宵中。

说明　　　唐代除夕要举行盛大的宫廷宴会，太宗与后
　　　　　　宫嫔妃身着盛装，宫廷内到处灯火明亮，金
翠焕烂，盛奏歌乐。酒酣耳热之际，应制作诗是少不了的。
皇帝一时兴起，也忍不住亲自写诗，以号召群臣唱和。
唐太宗兼具文韬武略，这首《守岁》雍容典雅，颇有帝
王气象。诗意为：暮色中的宫殿风景旖旎，去年冬雪的
寒冷将要过去，春风送来阵阵暖意，玉阶前的白梅花吐
露着馥郁的馨香，雕刻着花纹的红烛彻夜明亮、今夜我

们一同庆贺新年，欢送旧年。唐太宗在辞旧迎新之夜，向臣民们描绘了一幅太平祥和的盛世图景。

太宗召来隋炀帝的萧皇后一同观赏除夕花灯，兴致勃勃地问她："朕皇宫里的陈设与隋炀帝相比如何？"萧皇后气定神闲地答道："每到除夕时，隋炀帝都在殿前诸院用沉香木搭建十几座火山。每座山都要烧掉好几车的沉香木，香味可传数十里。一夜之中，烧掉二百多车昂贵的沉香。如今您殿前所焚，只是普通的柴木，烟气熏人，华丽程度和隋炀帝相比差远了。"太宗笑道："论奢侈淫靡，谁也比不过隋炀帝啊！"可见唐太宗推崇俭以养德，在开支用度上相当节省。

士子打卡　　除夕是阴历年的最后一天，为月穷岁尽之日，《礼记·月令》记载："是月也，日穷于次，月穷于纪，星回于天，数将几终，岁且更始。"除夕本源于秦汉时期的年终大祭——腊祭，是为驱除疫邪、敬畏神鬼。后来驱傩巫祀的意义渐渐淡去，祭神不如娱人，除夕从神圣的祭坛走到日常的炉灶，走向人们的生活。

过除夕，大多数人都是祭拜祖宗，但却有人祭拜自己的诗稿。诗人贾岛苦心作诗，每至除夕，必取当年所写的诗篇放在香案上，焚香酹酒，再拜道："此乃我一年心血。"古代交通不便利，在异乡过春节是常有的事。薛道衡《人日思归》曰："入春才七日，离家已二年。人归落雁后，思发在花前。"首句十分简单，只交代出节令与离家的时日。读至后两句，才能体味到妙处。雁已归而人未还，但是归乡的念头却在春花开放以前就有了。两相对照之下，足见思归心切。

自由行　　唐代除夕之夜，皇帝会在大明宫麟德殿大摆筵席，举行"新春团拜会"，更有太常寺从太乐署、鼓吹署、教坊、梨园选拔节目，筹备演出。唐人除夕夜的趣味性一点，不输于现代。唐代的爆竹是将竹子投入火堆，使其爆裂，又称为"爆竿"。点完爆竹，还要插桃符，贴门神，左神荼，右郁垒。最有趣味的环节要数"驱傩"了。驱傩最初是为了辟邪祈福，民间的驱傩仪式更像是一场大型的假面舞会。人们点燃用木柴、黍秆、松枝垒成的柴塔，熊熊燃烧的篝火象征着新年万事如意、五谷丰登，大家各自带着狰狞的鬼怪面具，伴随着铿锵激昂的锣鼓声，踏步舞蹈，唱歌喊叫，尽情释放着生活的压力与苦闷。

除夕是热闹与宁静的结合，狂欢与喧嚣过后，亲友们的相对闲坐显得尤为珍贵。除夕的仪式里缺不了守岁，老百姓虽没有"春晚"，爆竹声里，团圆把酒，围炉话旧，笑歌逡巡，竟夕不眠。阖家俱饮屠苏酒，饮后用红布把渣滓包起来，挂在门框上，可以辟邪祛疾。还要准备椒柏酒，并以蒜、葱、韭菜、芸苔、胡荽为五辛盘。五辛所以发五脏气，取其辞旧迎新之意。再用小火煨热柏叶酒，酒香四溢，一口饮下，顿觉微醺。今岁今宵已尽，明年明日相催，醉眼蒙眬，新年的三分春色已入庭梅。

长安水边多丽人——佳节良辰